怪奇
博物館

The Strange Museum

201

鬼櫃

Ghost
Cabinet

夜不語——著

怪奇
博物館

The Strange Museum

201

CONTENTS

序

降溫了，成都又降溫了。成都的雨很涼，成都的冷透骨。在這沒有最冷，只有更冷的城市，冬天的每一天都很難熬。

還好今年的空氣品質不錯，沒有霧霾。

最近買了一隻兔子，垂耳兔。女兒餃子很喜歡這小兔，起名叫球球。每天她都會很開心的照顧球球，餵草洗屎盆子。看得我都有些嫉妒了。

垂耳兔很乖，也很可愛。牠喜歡讓人抱著，喜歡在主人的腳邊上轉圈圈，蹦蹦跳跳。

我也挺喜歡牠的。

這算是我真正意義上第一次養寵物，感覺挺不錯的。

因為去年心臟有些問題，最近一年多我推掉了很多工作。休養的這一年，挺無聊的。除了偶爾寫下稿子，更多時候，我都是一個人住在空空蕩蕩的偌大房子裡。

看著窗外的風景發呆。

這幾日有寵物填補了大量空閒的時間，倒也不覺得無聊了。

今天看天氣預報，成都最低溫度已經突破零度。

在這個陰冷、總是下著小雨的城市裡，陽光是非常奢侈的。我從前也曾提及過，成都人很悠閒。

而這種悠閒，最能體現的地方就是當某一天，成都極偶然的出太陽的那一刻。或許許多外地人都很難相信，每到這一刻，大部分人都會放下手中的工作。

餐廳老闆會關門，便利店老闆會關門。許多有正當工作的職員也會挖空心思、千方百計的請假，就為了曬到一縷陽光。

因為陽光，在成都的冬天，很難見到。

甚至有些開明的公司還專門為員工提供一種特殊的假期——陽光假。只要有陽光的日子，員工都能請假曬曬太陽。

你瞧，一寸陽光一寸金，古人誠不欺成都人。

寫這篇序的時候，成都恰巧久違的放晴了！

哇，不強烈的陽光透過層層陰暗的雲朵照射下來，就像天漏了一般。我連忙丟下寫了一半的序，蹦蹦跳跳的抱著蹦蹦跳跳的垂耳兔，開心的走到樓下的小公園曬太陽。寵物兔在鋪滿銀杏樹葉的地上，歡暢的嬉戲！

原來就連黃昏動物的兔子也是喜歡陽光的。

今年總覺得過得特別慢，又覺得過得特別快，幾乎沒怎麼出去玩過。宅在家裡的日子非常漫長。

人一閒，就喜歡胡思亂想。

我就是那種喜歡胡思亂想的生物。例如，我最近就經常想，當我老去後的模樣……

呃，發散性思維又展開了，拉回來說說《怪奇博物館》這系列吧。《鬼櫃》是第二部的第一本，完成度還算不錯。

其實在構思《怪奇博物館》時，我本來想將它寫成動態的打鬥場景多一點的小說。但最後放棄了，因為我突然發現，我根本就不是寫那種宏大的打鬥場景的料。還是走恐怖懸疑這條我熟悉的路，大家看著應該也舒服些。

好啦，囉囉嗦嗦了這麼多，我也該去餵兔子。最後，仍舊希望大家喜歡我的小說，能繼續支持我。

愛你們！

夜不語

怪奇
博物館

The Strange Museum

你的房間有衣櫃嗎？

再問一次，你的家裡有衣櫃嗎？

無論誰家的衣櫃，對小時候的你而言，都是個恐怖的地方。它隱藏在臥室的角落裡，裝滿了衣物和雜物。

你有沒有想過，衣櫃其實才是整個家最可怕的東西。

每當你打開或關上衣櫃的瞬間，衣櫃中，都有一雙猩紅的眼，死死的盯著你。

但是你，從來都沒有發現。

直到，在沉睡中，被衣櫃中躲著的恐怖，拽入深淵！

引子

不知道大家有沒有一種感覺，每次晚上回家打開門時，你都會迫不及待的在第一時間開燈。如果開關不在入門順手的位置，就會下意識的把頭低下去，視線朝著腳尖，直到摸到開關，打開電燈。

因為你總覺得在家裡的某個角落，有個東西就在屋子中最黑暗的地方，偷偷站著，靜靜的，死死的注視著你。

大家也都有過掃地，或者清理浴室的經驗吧。

平常很乾淨，只有你一個人住的屋子。竟然會常常莫名其妙的從死角內掃到一大堆碎髮，或者洗澡時，下水道口纏著厚厚的頭髮，而你，卻是短髮。

你突然就明白了一個秘密，或許那些頭髮中，不一定都是你自己的。

是不是突然就毛骨悚然了？

但大家其實都不知道，每個人的屋子裡，最邪門，最可怕的，還不是那些莫名其妙無處不在的髮。而是另一樣東西。

那就是，衣櫃。

每一個衣櫃，都是藏污納垢的地方。它內部藏著的，往往不光是你的衣物和所有不想看到的東西。

更多的是，別的某種，更加驚悚的，生物或者非生物。

倪鈴住在一個小鎮上，恬靜而優雅。

雖然許許多多逃離了小鎮生活的朋友一再告誡她，沒什麼比小鎮更恐怖的了。不信你看看史蒂芬．金寫的《怪奇物語》，問問高中畢業後那些從事，所謂意義十足的，一眼就能看到頭的工作的，曾經的同學。

甚至就連小鎮的當地新聞，讀起來也像是口袋裝的怪異恐怖小說。

但倪鈴就是喜歡小鎮。

去年她父母突然去世後，留下了一個上高中的妹妹。

倪鈴毫不留戀的從大城市回來，用存的錢，將父母留下來的房子裝修一新，然後隨心所欲的買了自己喜歡的家具，帶著妹妹，過起淡然和無趣的一天又一天。

女孩拎得清。

雖然她的生活，在大城市的朋友看來，就是失敗。可人生啊，活得簡單一點又怎樣。

她就喜歡樓下這條河，沖一杯手沖咖啡，端著冒著熱氣的咖啡杯，坐在陽台上看著河水潺潺流逝。

多好。

小小的幸福，它也是幸福啊。

但倪鈴的小幸福，並沒有維持多久。最近突然發生的一件事，徹底打破了她的平靜。現在細細想來，起因，可能是倪鈴的妹妹倪雨，前段時間和她玩的一個所謂的靈異遊戲。

——衣櫃遊戲。

倪雨在石市第二中學上高二。石市不算大，只有五萬多人，石市二中算是當地有名的高中，成績壓力很大。不過倪雨的心態擺得正，再加上有些小聰明，成績算是中上。

要知道少女情懷總是詩，但是被霸道的姊姊管著，一腔柔情詩就被管偏了。倪雨學習之餘消除內心壓力的辦法，變成了各種靈異小遊戲。

衣櫃遊戲，就是倪雨從一名同學那裡學來的。

一個禮拜前，因為偶然停電，手機電量不足，沒辦法刷各種短視頻續命的姊妹倆百無聊賴。

「姊，要不要咱們玩個遊戲，誰慫了就要答應對方一個要求。」看著黑漆漆的窗外，倪雨笑嘻嘻的提出，要和姊姊玩遊戲看誰膽大。

倪鈴正盯著努力散發微弱光明的蠟燭發呆，心想無聊也是無聊，點頭：「誰怕誰，老娘還怕你這小崽子不成，說，神馬遊戲？」

小妮子頓時來勁兒了：「說出來你可不要害怕哦，這可是世界十大禁忌遊戲之一。」

倪鈴一陣無語，當年老娘還小的時候，哪個禁忌遊戲沒玩過：「不會是碟仙或者筆仙吧。」

「那些遊戲太老土了，現在誰還玩啊。」倪雨瞪大了眼，一副「姊姊你暴露年齡」的鄙視表情：「是衣櫃遊戲喔。」

倪鈴語塞，這遊戲，自己還真沒聽說過。

「來來來，姊姊，我教你。」倪雨樂呵呵的將頭髮隨意紮成馬尾，拉著倪鈴來到主臥室。

這間父母留下來的房子，是三房兩廳，陪伴了兩姊妹快十五年了。屋齡不算老，也不算新，住兩個人還是挺舒適的。

主臥在一年多前，還是父母在用，現在則沒人使用。就算倪鈴回家翻修房屋，也特意將主臥室保留，沒有動一絲一毫。

關於父母突然心臟病發，死在這間屋子中，至今，親戚也眾說紛紜，沒個準。倪鈴對父母的死，也懷有疑惑。父母明明沒有心臟類的疾病，就算有，兩人也不會同時心肌梗塞。

怎麼會死得那麼突然呢？

最主要的是，後事由親戚料理，他們說父母死相太難看，禁止兩姊妹看屍體。兩人連父母最後的樣子，都沒有看到。

倪鈴對此有些耿耿於懷：「小妹，你帶我到主臥來幹嘛？」

主臥視野很好，能看到河岸的風景，但很久沒有敞開過，略有些霉味。

倪雨調皮的笑：「因為主臥才有大衣櫃啊，我們房間，那衣櫃小小窄窄的，哪能塞得下咱倆。」

這個理由相當敷衍。

黑夜中，接近二十平方公尺的主臥，依舊整潔。這間房間倪鈴時常進來打掃，父母的東西還在，就彷彿他們仍舊住在裡邊。

觸景生情的她拍拍自己的臉，說道：「趕緊的，來玩吧。那勞什子的衣櫃遊戲究竟是啥玩法，老娘我聽都沒聽說過。」

倪雨轉身拿了一盒火柴，拉開主臥衣櫃的門：「先進來，我慢慢教你。」

兩人躲進了衣櫃中。

主臥的衣櫃很大，淨深有七十幾公分，寬接近三公尺。兩個身材纖瘦的妙齡少女躲進去，空間仍剩下許多。

姊妹倆關上衣櫃的門，然後咯咯的笑個不停。

這偌大的黑暗空間中，兩雙明眸撲閃撲閃的。倪雨說：「姊，你還記得我三歲那年，你帶著我躲在衣櫃裡玩，媽媽怎麼喊都不出去。結果把媽媽嚇壞了，最後媽媽對著你屁股來了一頓竹筍炒肉絲。」

「當然記得，我第二天都痛得沒敢下床。」倪鈴也笑起來。

小時候的她太淘氣了，沒少帶著妹妹幹壞事，氣得老媽跳腳。雖然每次，挨打的都是她。這個衣櫃，也是她小時候最多的回憶。

躲貓貓的時候，躲在裡邊竊笑。不開心的時候，也躲在裡邊偷哭。就連她高中失戀……

想到這，倪鈴用力甩了甩腦袋：「好了，快開始吧。你吊了我那麼久的胃口了。」

「嗯啦。」倪雨開始講衣櫃遊戲的規則：「這個遊戲很邪乎哦，據說是世上，最容易召喚到靈的通靈遊戲。只要成功了，就可以永遠的將靈，召喚到衣櫃中。」

「切，只召喚惡靈啊，誰會這麼無聊。」倪鈴撇撇嘴，果然這種遊戲都是騙小屁孩的。

「姊，玩通靈遊戲，就不要帶腦子了。非要扯科學的話，待會還怎麼自己糊弄自己嘛。」倪雨自己其實也是個堅定的唯物論者，是絕對不相信所謂的靈異遊戲。

「而且，萬一我們召喚到老爸老媽的靈呢？」

小妮子的下一句話，讓倪鈴沉默了。這小丫頭片子，恐怕是想爸媽了吧。也對，她再怎麼努力調教家中的蘿莉，也不可能替代父母。

倪鈴微微嘆了口氣：「這遊戲，要先幹啥？」

倪雨遞了一根火柴給她：「這根火柴你拉著，等下我們一起把火柴點燃。」

「衣櫃裡點火柴，那多危險啊。一不小心火災了怎麼辦？」

「姊！」

「安啦安啦，我就說說，幹嘛這麼大聲。」倪鈴撇撇嘴。

倪雨做事打小就認真，就算是玩類似沒有邏輯可言的召靈遊戲，也一絲不苟。她不時看著手錶，當手錶的指針指向晚上九點十五分時，這才道：「姊，點火柴。」

只聽「噗嗤」兩聲響，姊妹倆手指間亮起兩團橘色焰火，光團掙扎了幾下，稍微變大了些。終於，一片黑暗在光團中被驅散。

但火柴的光實在是太微弱了，只夠照亮兩個人的臉。

姊妹倆的臉在火柴光中扭曲，蕩漾的火光，也讓人看起來非常的奇怪。

「你的臉好圓。」倪鈴忍不住笑起來。

「姊，嚴肅點。」倪雨噘著小嘴：「跟著我一起唸咒語，要唸三遍喔。」

「咒語是什麼？」

「可以是顯現光明，也可以是棄我於黑暗之中。想唸什麼唸什麼。」倪雨說。

「兩種咒語就沒有區分效果嗎？這不科學啊。」

「姊。」

「好好好，我不帶腦子，真不帶了。先唸顯現光明吧。」倪鈴道。

「顯現光明，顯現光明，顯現光明。」

兩個女孩的聲音，迴盪在衣櫃中。唸完咒語，兩人同時吹滅手中的火柴。頓時，她們又陷入黑暗中。

她們都有些小緊張，伸手不見五指的狹小衣櫃，一股神秘感在流淌。

等了一回兒，倪鈴忍不住了：「我們現在幹嘛？」

「等。」

「等什麼？」

「等動靜啊，只要聽到奇怪的動靜，我們就要馬上點燃火柴，否則會沒命的。」

「喔。」

好幼稚好亂七八糟的通靈遊戲。

倪鈴又等了一回兒，開始不耐煩了：「這都沒啥動靜啊，遊戲是不是Game Over了？」

倪雨側耳傾聽後，垂頭喪氣地說：「應該是靈沒有被召喚出來，我們再試試別的咒語。」

兩姊妹又開始唸第二個咒語。

「棄我於黑暗之中，棄我於黑暗之中，棄我於黑暗之中！」

唸完咒語後，兩人又靜悄悄的等待。

等了接近五分鐘，倪鈴實在等不下去了：「什麼事也沒發生，妹，電應該快來了，我出去給手機充充電哈。」

「姊，再等等嘛。」小妮子不甘心。

「你就這麼想召喚靈出來嗎？」面對執著的妹妹，倪鈴感嘆不已。這小丫頭片子神神秘秘的，果然是想召喚出父母的靈吧。

虧她小時候《十萬個為什麼》看了那麼多遍。召靈遊戲，許多都是心理暗示，是自己嚇唬自己，哪會是真的。

突然，倪鈴的手在衣櫃中，摸到了一個東西。

那像是一團硬邦邦的紙。

「啥玩意兒。」倪鈴疑惑的將那團紙撿起來：「妹，我好像在衣櫃裡找到怪怪的東西。」

「衣櫃裡？咱父母去世後，不是整理過嗎？哪裡還有東西。」倪雨奇怪道。

這偌大的衣櫃中所有的東西，在父母死後，就被整理一空。送人的送人，扔掉的扔掉。就連床上的被褥床墊，也一併扔掉了。

這是當地的習俗。

倪鈴兩個禮拜前打掃這間房間，大白天的光線好時，也沒在衣櫃裡看到有啥紙團之類的遺留物。這團紙，從哪裡冒出來的？

她噗嗤一聲，將手中的火柴點燃。

「姊，你違反遊戲規則了。要聽到奇怪的動靜，才能點燃火柴。」倪雨說。

「安啦安啦，我都找到奇怪的東西了，也算是奇怪的動靜吧。」倪鈴心不在焉的揮揮手，姊妹倆低頭，看著倪鈴手心裡的那團紙。

紙張很硬，像是從某種記事本上扯下來的。

「這是爸爸的記事本，他們單位發的，爸爸臨死前都還在用。」看清那團紙後，倪雨驚訝道。

「難不成是爸爸留下的遺言？奇怪了，都一年多了，我打掃時怎麼都沒見到過這團紙。」倪鈴皺了皺眉。

「火柴你拿著。」

女孩將點燃的火柴遞給妹妹，然後用雙手將紙團舒展開。微微火光下，紙團中果然有字，這些字，是用紅色的顏料寫下的。

由於過去了一年多，那團殷紅，已經污穢發黑了。

倪鈴和倪雨同時倒吸一口氣。這些字跡很熟悉，絕對是父親的。但為什麼每個字都給人一種壓迫感，像是父親被關在狹小空間內，沾著自己的血，寫出來的。

這是怎麼回事？

皺皺巴巴的紙上，抬頭寫了六個字：「給倪鈴和倪雨」。

下邊就是一首無頭無尾的七言詩：

有韻霏霏舞微風，

鬼聚遠火寒熒熒。

快馬名花一徑仇，

跑似輕裝到溪頭。

「老爸要什麼深沉啊，我還以為他給咱們留了遺言咧，卻在賣弄文采。」倪鈴讀了一遍詩後，沒讀懂。這首詩光有好看的辭藻，卻沒什麼內容。

她大失所望。

倪雨的雙眸在黑暗中閃爍了幾下，突然道：「姊，爸的留言有問題。他可從來不寫詩，但字跡卻是他的。難道這詩中，有什麼蹊蹺。」

「也對，老爸不是寫詩的料……」倪鈴左看右看，又看了一陣。

猛地，倪雨彷彿發現了什麼，渾身都在發抖：「姊，我好像有發現。你看，這明顯是一首藏頭詩啊。」

小丫頭用手將整首詩都蓋住，只留下每行最開頭的一個字。

「有，鬼，快，跑！」倪鈴讀完，整個人感到一股陰寒的冷意，爬滿全身。

「有鬼快跑，什麼意思？」倪鈴疑惑道。

「或許就是字面上的意思。」妹妹背脊發涼：「姊，我有點怕，咱們出去吧。」

「嗯，出去，我也有點怕了。」倪鈴點頭。

兩人正準備推開衣櫃的門，突然，一陣奇怪的響聲，從衣櫃外，緩緩地傳了進來。

頓時，兩人的所有動作都戛然而止，她們一動也不敢動。

「誰？誰在外面？」兩姊妹這麼多年來，都是相依為命，這屋子也只有她們在。現在，衣櫃外，竟然有人在走動的聲音。

這怎麼可能。

小偷？

倪鈴手裡只有一根火柴，什麼防身的東西都沒帶，倪雨同樣嚇得不輕。她小聲說：「姊，外面有人。」

「不，不像是人。」倪鈴打了個冷顫。

人走路的聲響，有特點，但衣櫃外的動靜，明顯不是人類能發出來的。

門外，不是人！

想到了爸爸留下的藏頭詩遺言，她冷汗直冒。

這個家裡，有鬼。而她們玩衣櫃遊戲，無意間將那鬼召喚了出來……

「不是人的話。」倪雨像是想到了什麼，急忙道：「姊，快，快點把火柴點亮。」

衣櫃遊戲最重要的一個步驟，就是如果發生了什麼靈異現象，就要立刻點燃火柴。

兩個女孩手忙腳亂的連忙將火柴擦亮。

兩團火焰，緩慢的閃爍著，吞噬著火柴的杆，光團越來越亮。

「怎麼回事！」當倪鈴和倪雨看清楚周圍的環境時，她們同時驚呆了。

這還是自己家那不算寬敞的衣櫃嗎？

她們倆竟然蹲著蜷縮在一個巨大無比的空間中，火光搖曳，但憑著兩根小火柴的亮度，根本就不足以照亮周圍不知道有多大的空間。

兩名妙齡少女，穿著單薄的睡衣，害怕得抱成一團。她們完全不知道到底出了什麼事，手中的火柴光團，在黑暗中保護著她們。

可是少女們驚恐的發現，黑暗裡似乎有什麼東西，在偷偷的窺視她們。

就在這時，兩人手中的火焰搖晃了幾下，然後熄滅了。青煙飄搖，之後就是一陣陣淒厲的嘶吼。

黑暗中隱藏的東西，朝她們撲了過去……

01 慕家

春城的天，總是霧濛濛的。

夜諾帶著慕婉從重城回來後，開開心心的玩了一段時間。

呃，要說真的開開心心嗎，也不盡然。畢竟金沙大王事件中許多疑點都沒有解開。那個可以隨意附身的老頭，是怎麼回事？他現在又在暗地裡謀劃著什麼陰謀？

無論南巫還是北巫，都通通死光了。長江流域再也沒有完整的勢力，大量除穢師組織為了搶地盤，萬里長江，可能會亂上好一段時間吧。

不過這些都和夜諾沒關係。

他最想要弄到手的，還是被獻祭給金沙大王的，慕婉的身體。現在的慕婉只剩一絲殘魂，被甘露保護著。

但那一小瓶甘露，撐不了多久。夜諾算過，最多一年多，慕婉就會徹底煙消雲散。可天生樂觀的慕婉，依舊在他身旁傻樂。自己一個人在擔心的夜諾，顯得像是個傻瓜。

「準備好了嗎？」夜諾問。

到暗物博物館的休息期就只剩兩天時，慕婉突然下了個決定。

「準備好了。」小蘿莉深深吸了口氣。

他們站在春城一處很隱秘的豪宅旁，這棟豪宅很不顯眼，從外表看也並不豪華。但這地方，夜諾和慕婉都異常熟悉。

因為這兒，是慕婉的家啊。

在夜諾的記憶裡，因為慕伯父工作的緣故，在慕婉十歲左右，搬到此處。但慕婉很不開心，畢竟要和夜諾分開了。

她用武力逼迫夜諾，簽訂了不平等合約。要夜諾每個禮拜都必須去自己家住一晚上。

呃，堂堂正正讓一名同齡異性去自己家住，只要腦袋沒有問題的父母，肯定不會同意。但心大的慕伯父和慕伯母，竟然在夜諾被自家女兒逼迫著同意後，歡喜雀躍，說娃娃親的感情就應該從小時候抓起。

最後還特意在這別墅中為夜諾布置了一間房間，就在女兒的隔壁。

這兩位心大的家長，還真不怕夜諾有歪心思。

慕婉家的院子裡，有一棵柿子樹，照顧得很好。在夜諾的回憶中，那棵柿子樹總是最顯眼的。

春城不常下雪，但一下雪，就是大雪。

慕婉剛搬進這棟別墅的第三年，就下了一場大雪。整個春城都銀裝素裹，分外漂亮，地上積了厚厚的一層白。

別墅中的柿子樹，是從來不摘的。

夜諾被慕婉興奮的拉到院子中，剛巧看到了那棵結滿了紅彤彤果實的柿子樹。白雪紅實，彷彿可以點亮霜天。

慕婉跳上樹，摘下了兩顆果子。

她一顆，他一顆。

兩人一個吃得優雅，一個吃得狼狽。一個笑得燦爛，眉眼中全是溫柔。一個苦著臉，將柿子果肉吃得滿臉都是……

這棟宅院中，滿滿都是回憶。

越是靠近大院，慕婉越是緊張。自己死了，父母也認為自己死了。自己的葬禮，自己甚至全程看完了。

現在突然出現在悲傷的父母眼前，會不會嚇到他們？

「阿諾，我怕。」慕婉渾身都在發抖。

夜諾揉揉她的小腦袋，他倒是不怎麼擔心。

被他用幾十公斤百變軟泥構建出身體的慕婉，現在只有十歲的模樣。但慕伯父和慕伯母的反射弧很長，瞎找個藉口，應該就能糊弄過去。

反倒是慕婉想得很多。她怕自己給父母虛妄的希望，如果一年後她的身體找不回來，甘露用完後，她一樣會煙消雲散。

而哪怕身體真的找回來了，人死不能復生，她又真的能復活嗎？

女兒死了，父母本就遭到一次打擊。然後突然以小蘿莉的姿態站到他們面前，他們會怎麼想？一年後，她又死了，是真的死了。

父母不會更加痛苦悲傷嗎？

「瞎想那麼多幹嘛，進去吧。」夜諾推了她一把。

「嗯。」慕婉乖順的點點小腦袋，她柔順的長髮，在陽光中閃爍著人間至美的光澤。小蘿莉用手挽著夜諾的手臂，將自己的飛機場用力擠在夜諾身上。

她心情忐忑，只想感受夜諾身體上傳遞過來的溫暖。

這，會給她勇氣。

「進去後我先解釋，你把帽子戴上，免得嚇到你父母了。」夜諾示意慕婉戴上帽子，然後走到大宅院的大門口。

按響門鈴。

可視門鈴裡很快就響起了回應：「誰啊。啊，是夜少爺。老爺夫人都在家中，請你直接進來吧。」

聲音是慕家的傭人，六嬸。

六嬸在慕家已經幹了二十多年，是看著慕婉長大的。

夜諾帶著戴帽子的小蘿莉，走進大門。屋子中，死氣沉沉。慕伯父和慕伯母呆呆的坐在慕婉的靈堂裡，眼睛毫無神采。

知道女兒的死訊已經足足兩個月了，這兩位女兒奴夫妻，還是沒有從沉重的打擊中恢復過來。

慕伯母反覆翻看相簿，看著看著，眼淚就流個不停。她每天，都是這樣。

慕伯父看在眼中，長嘆一口氣，走到窗戶邊上拿出了一盒菸，抽出一根，點燃。他戒菸很久了，但慕婉死後，菸癮止都止不住，一不抽，就會抑鬱的想要跟女兒一起走了算了。

整個靈堂，只有慕婉的黑白照片，流露出笑容。

一股悲涼瀰漫，壓抑至極。

六嬸走到靈堂前，敲敲門：「老爺，夫人，夜少爺來了。」

「啊，小夜來了。」慕伯母手一抖，強撐起笑容：「我去迎迎他。」

「一起去吧，那小子是我們看著長大的，算是半個兒子了。看著他心情也會好些。」慕伯父熄了菸，和妻子一起朝門口走。

「小夜，你來了。」還沒到客廳，慕伯父的聲音就傳了過來。接著他愣了愣。

夜諾坐在客廳沙發上，他身旁坐著一名穿白色連衣裙的小女孩，這小女孩的小模樣隱藏在帽子下，看不真切。

但不知為何，讓慕伯父有一種奇妙的親切感。

「這位小朋友是？」慕伯父問。

而慕伯母的視線一接觸到慕婉，就再也挪不開了。她愣愣的，一動也沒動，就那樣站著，彷彿石化了似的。

「伯父，你和伯母的身體好點沒有？」夜諾絕口不提身旁的慕婉。

慕伯父的心臟不好，他怕這個驚嚇太大，把他嚇死。揭開慕婉的身分，要循序漸進。

「你愣在這裡幹啥，去給小夜倒杯茶。」見妻子愣在原地，臉上的表情非常奇怪。慕伯父怕她出問題，連忙推推她，轉移妻子的注意力。

「喔，喔喔。」慕伯母終於清醒過來，依舊狐疑的盯著慕婉，久久都捨不得移開視線。最終，她還是乖乖去倒茶了。

慕母的茶泡得很好，手法非常獨特，幾乎每一杯都有不同的風味，也不知道是怎麼做到的。總之，夜諾打小就喜歡喝。

不多時，四杯熱騰騰的茶水，就端了上來。

「小夜，婉兒死了。哎，本來我一直以為，你們倆會好好的，一直都會好好的。年紀到了就結婚，給我生幾個孫子孫女。我倆這一把老骨頭，還是能替你們帶帶。」

慕伯父端著茶，一直都沒喝，看著夜諾發了一陣子呆，這才道：「可是，人算不如天算啊。或許是我做生意，缺德事幹多了。老天給我的報應吧。」

「伯父，小婉的死，和你們並沒有關係，是她自己的原因。」夜諾道。他這個人直男又不怎麼會說話，勸人這種事，更不會做。

慕伯父和慕伯母知道他的性格，倒是也沒多想。但慕伯母，視線仍舊直勾勾的盯著慕婉，慕婉的小身體被老媽盯得緊繃，整個人都快要擠到夜諾懷裡去了。

慕伯父本來有些氣，自己女兒那麼愛夜諾，可她才剛死，夜諾怎麼就帶了一個女孩過來。但轉念一想，夜諾的性格應該不是這樣。而且他身旁的女孩，實在是讓他生氣不起來，不知為何，甚至還讓慕父生出一股憐愛，止都止不住。

這女孩身上，有慕婉的影子。自己，果然是想女兒想瘋了吧。

「對了，小夜，你這次來是有什麼事嗎？缺錢的話，儘管開口，多的沒有，但我好歹也是春城排得上名的富豪。」慕伯父問：「總之我也沒後了，你是我半個兒子，我本打定主意你們結婚後，就把家業交給你的。哎，無所謂了，我百年後，這身家也是要給你。」

夜諾心裡湧上一股心酸感，人到中年失去兒女，無論對哪個家庭，都是致命的一擊。

悲莫大於心死。

確實，不能再瞞下去。否則以慕伯父和慕伯母兩個人的直線思考方式，鬼知道會不會幹蠢事。

夜諾咳嗽了一聲：「伯父伯母，我這次來，和慕婉有關。我前段時間，調查了慕婉的死因……」

他將南巫北巫的事，以及慕婉是怎麼被北巫殺害，用來獻祭的經過，以普通人最能接受的方式講了一遍。

「你替婉兒報了仇。」慕父眼睛一亮。

夜諾點頭：「所有檯面上和暗中害死了小婉的人，現在已經都不在人世了。」

他說得冷淡。

他卻沒有說自己一個學生究竟是怎麼做的，慕伯父也沒問。但伯父很清楚，夜諾和他爹一樣，說一不二，既然他告訴了自己，那就意味著他確實做了。

慕父的興奮沒有持續多久，眼神又黯淡下去：「可是婉兒死了就是死了，人死不能復生。哎——」

「但是，如果我告訴您，小婉並沒有死呢？」夜諾打斷了他的唉聲嘆氣。

「什麼！」慕父和慕母猛地抬起頭，眼睛一眨不眨的盯著夜諾看，然後若有所思的將視線落在了他身旁的小蘿莉身上。

兩人老早就懷疑，為什麼這個時間點，夜諾會帶一個小女孩來家中。

但接著就否決了。小蘿莉的感覺確實很像女兒，但女兒今年已經二十歲了，那個女孩子最多就只有十歲而已。

「她確實就是慕婉。」夜諾一邊輕聲說著，一邊揭開了慕婉的帽子。

「你是、你是……婉兒！」當老兩口看清楚慕婉怯生生嬌嫩嫩的臉龐時，心口如同被銅鐘撞擊，一下又一下，根本停不下來。

心臟，彷彿要跳出胸腔了。

那是怎樣一張俏臉，臉龐的每一寸，都和慕婉十歲時候一模一樣。就如同時間倒流了似的。

「這怎麼可能。」慕伯父瞪著眼，眼珠子都紅了：「小夜，你該不會是為了安慰我們兩夫妻，故意找了一個小孩子來冒充婉兒吧。」

「老公，你傻了啊，婉兒都不認識了。」平時溫溫柔柔，上得廳堂下得廚房的慕伯母大吼一聲，眼淚瞬間就流了出來。

她猛地撲上去，緊緊的，緊緊的，將慕婉抱住，死都不願意鬆開。

慕伯父久經沙場，雖然同樣是狂喜不已，但他深吸幾口氣，表面上保持著平靜。但是手抖得厲害，他抽出一根菸，哆嗦著想要點燃。

「媽，你要悶死我啊。」被母親用力抱著的慕婉，好不容易才從老媽的胸口掙脫出來，用力吸一口氣，就看到老爸在抽菸，怒道：「爸，你不是戒菸了嗎。」

臥槽，這語氣，這果然是自家女兒，沒毛病。

慕伯父手又一抖，訕訕笑著，將菸塞了回去：「沒，我就是拿出來看看。」

他轉頭瞪向夜諾：「臭小子，你等會好好給我解釋一下。我女兒，怎麼變得只有十歲了。」

「準確的說，她的身體只有九歲。但除了身體縮小之外，其他的和慕婉沒什麼差別。」夜諾沒敢說自己最後一次看到慕婉的裸體，就是她九歲時。

還好兩人早就對了口供，現在開始用兩人提前說好的藉口，糊弄起她父母。

說是夜諾找到了慕婉的身體，她還沒有死，只是被巫人下了惡毒的巫術，將她變小了。

如此如此，這般這般。

本以為失去了愛女，然後又復得，狂喜不已的兩口子哪還有正常的思考能力，很和諧的就接受了夜諾的胡謅。

夜諾本來想溜掉，留下這一家三口敘敘感情。但是慕伯父和慕伯母哪會讓他走，直接將他也拉進擁抱圈中。

不要說，慕婉長相那麼極品，慕伯母模樣也差不到哪裡去。不同的是比慕婉乾巴巴的身材更有料更風姿綽約更加豐腴，這未來丈母娘的擁抱可夠狠的，險些把夜諾憋死。

晚上說不得要慶祝一下。

慕伯母親自下廚，喜氣洋洋的做了一頓好的，大家和樂融融的吃得酒足飯飽。

席間慕伯父哈哈大笑，淒冷的感覺一掃而空，逮著夜諾喝了許多老白酒還喝不夠。對著自己老婆沒臉沒皮的直眨眼：「老婆，你看我的眼光怎麼樣。當年算命的說我家小婉成年後有大災難，只有許配給貴人，才能保命，之後就會飛黃騰達。瞅瞅，我一眼就相中了小夜，他果然是咱們女兒的貴人，果然是我的好女婿啊。」

「算命的你也信。」慕伯母為他倒酒：「喝，喝不死你。今天老娘就讓你喝個夠。」

夜諾訕訕笑著，慕婉坐在他身旁，眼睛亮晶晶的。還在桌子下用小腳丫挑著夜諾的腳，夜諾看著她衝自己無聲說話：「謎題解開了，難怪從小他們就要我嫁給你。原來是怕我死了啊。」

夜諾瞪了她一眼。救了慕婉的自己，感情是被慕伯父當工具人了。

「我就是有眼光啊，這不，本以為婉兒已經死了，硬是被小夜悄無聲息的帶了回來。當時葬禮上你還說人家小夜沒良心，女兒死了都不來送葬。」慕伯父喝多了，口不擇言。

慕伯母呸了他一口，將整瓶酒都塞他嘴裡：「喝你的。過了今天，你一滴酒都別想沾。」

鬧哄哄的一整晚，兩口子都抱著死而復生的女兒沒敢睡覺，生怕一閉上眼睛，才發現這只是夢而已。

夜諾住在大宅院的客房，倒是睡得很香甜。

隔天一大早，他就偷偷的溜走了，回到暗物博物館中。

今天是休息期的最後一天，今天二十四點前，他必須要接受第四扇門的任務，否則，他就會被博物館清除掉。

回到熟悉的博物館後，夜諾伸了個懶腰。

突然，面前的一塊玻璃後邊，一隻血淋淋的手出現了。它寫下一行犯賤的字：「臭小子，你的那個漂亮小蘿莉呢？我還以為你帶著她潛逃了，去過快樂人生嘍。」

「鬼手，哼。」夜諾撇撇嘴：「你的性格還是那麼扭曲。上次我回博物館，你怎麼沒出來。」

說起來，這隻鬼手明明是博物館的管家。可上次自己製作慕婉身體時，這傢伙只瞥了慕婉的殘魂一眼，就消失了，之後都沒再出現過。

它幹啥去了？難道是從慕婉身上，感受到了什麼？

夜諾總覺得自己這個猜測，方向並沒有錯。

但鬼手沒有承認，只是打著哈哈，岔開了話題：「第四扇門了，我都沒想過，你這個撲克牌臉的臭小子能走這麼遠。」

「鬼手，我想問你一個問題。」夜諾漫不經心的問：「1137 號博物館管理員，究竟是怎麼回事？」

「什麼怎麼回事。」鬼手裝傻。

「哼，你心裡明白得很。」

「我沒心，只有一隻右手。連賢者時間的樂趣都享受不了。」鬼手飆起段子開起了車。

「切。不說是不是。」夜諾倒也沒抱他會認真回答自己的希望。

鬼手受到博物館的約束，對自己而言基本上就是個廢物，連工具人都算不上。1137號管理員，在三千年前，被愚昧的長江兩岸居民，作為金沙大王供奉。但是它確實很可怕，沒有完成博物館的任務，理應會被清除。

但它並沒有死，甚至逃過博物館的懲罰。更有甚者，三千年後，竟然還佔了慕婉的屍身復活了。

它到底怎麼做到的，難道是利用了博物館的某種漏洞，又或者是，它得到了某種厲害的遺物或除穢術？

這一切，都不明。

但夜諾想要找回慕婉的身體，就勢必要與金沙大王正面對抗。不過，這是後話，現在的他並不急。就算是急也沒用，現在的他碰上金沙大王，也只是送死罷了。

他進入管理室修整了一下，看了看自己的屬性。

管理員編號2174：夜諾。

等級：見習期一級管理員

身體綜合素質：9

智商：190

暗能量：90

博物館許可權限點：50

擁有遺物：開竅珠（1500），翠玉手鏈（殘破6），百變軟泥，看破（初級），破穢術（特殊，知識類遺物）

未經授權遺物：捆仙索（高級）。

夜諾看著這數據，沉默了一陣子。

自己身上的暗能量點數，已到了F5級除穢師的標準，只需要再往前修煉一步，就會達到F級的極限，跨入E級。這個對他不難，也不是他看重的地方。

而他最看重的有兩點。

一是博物館權限點數，這個點數，能夠兌換許多東西，甚至能懲罰自己的聖女僕人，以及賜予她們施展神術的能力。

再來，就是遺物了。

現在自己手上的遺物不多，但每一樣都是精品。從金沙大王廟中得到的捆仙索，夜諾嘗試著利用博物館權限使其認主。

但失敗了。博物館的那個高冷女性聲音直接破除了他的幻想。竟然需要高達一千點權限點，才能破除捆仙索上一個主人的印記。

奶奶的，他現在的權限點，也只有五十點罷了。

不過作為現任博物館管理員，他有特權。就如同在金沙大王廟中利用臨時權限，啟動捆仙索，殺掉所有巫人那樣。

不要九百九十九，不要五百五十八。只需要一百點，他就能使用捆仙索五分鐘，讓他的敵人享受被捏破內臟的快感。

這東西可是個大殺器，只要天時地利人和，再耗費開竅珠中一千點左右的暗能量，就能秒殺A階左右的除穢師，不光如此，它還是群體攻擊的遺物，威力巨大。

夜諾檢查完屬性後，慢悠悠的走到了第四扇門的門口。

照例磕了磕木質大門，這扇門猛地抖動了幾下後。幾行血淋淋的字，出現在門上。

——人類的衣櫃裡，不光掛著衣服，還有許多人，被衣櫃鎖住了的人生。

新的管理者啊，請尋找到那些被衣櫃吞噬的人。將衣櫃中隱藏的秘密尋找出來，並獻給我。

我將開啟這扇門。

時限：二十天。

失敗或超時，新的管理者啊，你將會變成過去式。

臥槽。

夜諾擦了擦額頭上的汗水。他覺得這些隱藏在門背後的神秘主子們，一個個都是些哲學家啊。寫的字雖然血淋淋，但是很好看，任務也很有文學色彩。

就是線索給的越來越少了。

少到這第四個任務，除了知道了和衣櫃有關外，屁信息都沒有。奶奶的，家家戶戶都有衣櫃，這個世界上起碼有一百多億個衣櫃。鬼知道誰家的衣櫃出問題了。

就算是現代社會，資訊發達，訊息取得便捷，可他連調查都來不及啊，更不要說還要在二十天內解決它。

「不好搞啊。」夜諾揉了揉頭，最後掏出電話，撥了一組電話號碼。

半個小時後，春城南邊的貓爪咖啡廳，一個長髮及腰，身材完美高眺，渾身縈繞著冰冷氣息的絕世大美女，走了進來。

「歡迎光……」門口的服務生也是個小美女，但看到冰美人絕麗的臉龐時，連說話都不流利了。

她從來沒見過這麼漂亮的女生，她從來沒感受過如此拒人於千里之外的氣質。這女生，比明星還美得多。

「請問您是一個人嗎？」服務生拚命壓住想要和這美女合影的衝動，任憑職業本能驅動聲帶。

冰美人一聲不吭，明亮的雙眸彷彿在咖啡廳中搜索著什麼。

「這裡這裡。」一個角落中，傳來淡淡的男性聲音。

冰美人眼睛一亮，毫無表情的臉上竟然湧上一股發自內心的喜意。她迎著聲音，一步一步，緩慢的走了過去。

02 龍組的秘密

服務生不由得順著冰美人坐下的地方望過去。只見對著冰美人招手的，竟然是一名樣子稍有些普通，但感覺很木訥的青年男子。

「真是鮮花插到牛糞上了。」服務生撇撇嘴，一臉失望，替冰美人惋惜。這冰美人約會的對象，樣貌普通不說，穿著廉價，想來也沒什麼錢，連約會都是找自己這家廉價咖啡廳，而且點的還是最廉價的飲料。嘖嘖，白瞎了冰美人長得這麼漂亮。

「季筱彤。」夜諾熱情的招呼她：「來，坐。最近我發了一筆小財，想喝什麼隨便點，我請客。」

冰美人本就不善言辭，因此她內心的激動，沒有人看得出來。

季筱彤找了夜諾很久，足足一個多月。但他彷彿像是失蹤了似的，在這個世界上沒有留下任何痕跡。

明明夜諾留了電話號碼給她，但因為運聖女的詛咒，她存著號碼的手機居然壞了。而循著夜諾蹤跡找了一圈的季筱彤，無數次和夜諾失之交臂。

就在她要絕望時，夜諾竟然打電話給她，約她到附近的咖啡廳見面。這怎麼不令她激動，這個冰雪一般的三無少女，有太多太多想要問夜諾的。

但說實話，兩人並不太熟，最終相對坐著時，同時都有些尷尬。

「那個。」夜諾忍不住開口。

「那個。」季筱彤也說話了。

兩人的聲音撞擊到一起，夜諾笑了一聲：「你先說吧。」

季筱彤搖搖頭：「你，先。」

冰做的少女雖然有太多想問的，但是，並不知道該從哪裡問起。

「那我就開門見山了。」夜諾說：「我聽說你是龍組認證的A級除穢師，我最近也想加入龍組，不知道你能不能替我寫一封引薦信。」

龍組是世上最大的除穢師組織，夜諾早就想打入內部了。

雖然一個多月前，他在龍組中放入了幾根釘子，但是那幾個人現在還沒有成長起來，在龍組中的地位很低微，能幫助他的不多。可他一回到春城，還是從那幾人嘴裡，得到了一些有用的信息。

例如想要參加龍組，並沒有那麼容易。有除穢力只是其一，但沒有人引薦，想要以自由人的身分加入龍組，是非常麻煩的。

而引薦人，要嘛是龍組中認證的大家族，要嘛就是有A級認證的除穢師。夜諾想來想去，他認識的人中，只有季筱彤一個人符合這些條件。

「我還不是真正的A級除穢師，只是準A級。但是替你寫引薦信，還是有用的。」季筱彤毫不猶豫的同意了。

她天生就不會拒絕夜諾，那是一種本能。

「那，謝謝。」夜諾笑道。

季筱彤看了看他：「你的實力，就要突破，F級了。」

「不錯。」夜諾有些得意。

接觸暗能量才幾個月而已，就能積累九十點除穢力，他還是挺滿意的。

但冰少女卻皺了皺眉：「好弱。」

夜諾憋得險些將嘴裡的飲料給噴出來：「我覺得我還好。」

他的真實實力，絕對遠遠高於F級。

這一點季筱彤也心知肚明，不過她更清楚龍組的規則：「可是無論你真正的實力怎麼樣，F級，是沒有辦法加入真正的龍組的。」

「真正的龍組？」夜諾愣了愣，這怎麼和他從自己手下那裡聽來的不太一樣：「所謂龍組，不是只要有引薦信，就能參加嗎？我看許多E級和F級除穢師都加入了啊。」

季筱彤笑了，絕色容顏像是一朵盛開的冰花：「那是，外圍成員。夜諾，你假如，想要真正的接觸到龍組，就必須要，變成正式成員。」

冰少女很聰明，她總覺得夜諾想要加入龍組，肯定有目的。至於是什麼目的，她並不想知道。只要是夜諾想要做的，她努力幫忙就是了：「夜諾，你知道的龍組，是個怎樣的，組織？」

「我知道的不多。」夜諾說：「據說龍組是這個世上最大的除穢師組織，擁有兩千萬除穢師，還有許多家族什麼的。實力非常恐怖。」

「嗯，對，也不對。」冰聖女耐心的解釋：「龍組的兩千萬除穢師中，幾乎全都是外包成員。正式成員和公務員似的，而外圍成員，就像外包，還沒有工資的那種。外圍除穢師得到龍組的認證書，才能在龍組接受任務，到世間除穢，領取報酬。」

「而沒有除穢師證書，貿然以獨立除穢師身分除穢的，會受到龍組的通緝。這很好理解，就像是你無照駕駛一樣，肯定會被開罰單的。」

夜諾了然，難怪當初自己在李家明家時，因為拿不出除穢師證，險些被幾個除穢師給幹掉。

季筱彤又道：「龍組最開始時，是由十個大家族共同組成。現在這十個大家族，也是龍組的元老會成員之一。而真正的龍組成員，數量也不過三萬人罷了。只要是內部成員，到死都有工資拿，而且工資還不低。」

夜諾口水都流了出來，喔喔喔，這簡直就是鐵飯碗啊。這龍組，聽季筱彤的描述，簡直就是除穢界的政府部門。

「那該怎麼進入真正的龍組呢，像考公務員一樣參加它的考試？」夜諾來精神了。

「對。」季筱彤點點頭：「龍組的體制內考試，基本上已經被內部壟斷了，正常的管道很難參加。不過我季家也是元老會之一，有一定的名額。我可以給你一個。」

夜諾想了想後，搖頭拒絕了。自己參加龍組的動機不純，今後出了問題，他可不想連累季家：「還有別的渠道嗎？」

季筱彤有些遺憾，以夜諾的神秘，如果盡量讓季家和他親近一些，或許得益的不是他，而是季家才對。

少女的直覺確實準確，奈何夜諾拒絕得很乾脆。她微微嘆氣：「倒也是有，但是門檻很高。龍組每年都會留一些名額給世間優秀的才俊，不過需要去龍組的駐地接受考試。」

「春城也有龍組的駐地？」夜諾眼睛一亮，就是這個了。

「每個城市都有，春城有一千多萬人，是個大城市。龍組駐地很大，是四川省的分會所。」季筱彤點頭。

「人才評定考，什麼時候有啊？」夜諾皺了皺眉頭。

季筱彤想了想：「人才評定是統一考試，每三個月一次。考過了就能拿到下一次內部考編的名額。我沒記錯的話，今天正好有一場。」

「太好了，事不宜遲，我們現在就去參加測試。」夜諾伸手抓住冰美女的手，激動的要走人。

季筱彤臉龐一紅，手任由他握著，說道：「來不及了，我記得龍組的內部考試是每年年初舉行，今天已經十二中旬了。就算你通過人才評定的速度再快，也需要兩天時間，再加上備考等等因素，根本趕不及內部考的。要不，你準備一下，後年再考。」

女孩當年也參加過龍組的內部認證考試，以她的天賦，通過自然不難。但並不表示那場考試的難度不高。

就如同世間的公務員考試，千軍萬馬過獨木橋。而龍組內部的考試，更是難上加難。每年的錄取率也不過百分之一罷了。更何況，夜諾想要走人才評定那條路，難度更要翻兩倍不止。

這條路，只有真正的天才，才走得過去。

夜諾是不是天才，季筱彤不好評斷。因為他這個人都二十歲了，才F5級而已。在季筱彤的印象中，F5級除穢師，她六歲就已經一腳踏過了。而其他家族中，普通一些的青年才俊，到F5級，最差的也不會超過十歲。

自由除穢師的人才評判，二十歲，才F5，光是這一點，就會被直接否決。

季筱彤不想打擊夜諾的積極性，所以希望他利用一年時間，好好的提升實力。她甚至想回季家，給夜諾找幾個好老師，用季家儲存的靈丹妙藥幫他迅速提升。

只要花些血本，其實並不難。

但夜諾顯然沒有那麼多時間，他的任務時限只有二十天而已。之所以想要參加龍組，其實是想借用龍組遍布世界的資訊管道。

既然這次的任務和櫃子有關，那麼一定會有關於櫃子的恐怖事件發生。他自己找，努力一點的話，也找得出來。可是，能利用現成的管道，為什麼不利用一下呢。

而且夜諾隱隱有些打算，金沙大王已經復活，自己作為現任的博物館管理員，今後必然和幾千年前的前任管理員有一場不可避免的激戰。

說不定哪一天，博物館就會出一個任務，讓他去搞定1137號管理員。這幾乎是必然的。

根據博物館的手札，龍組最初就是某個管理員一時心血來潮，建立起來的，為的就是幫助自己完成任務。歷代許多管理員，都借助過龍組的力量。只是，龍組自身根本就不知道，自己的存在，本就是為夜諾提供服務的工具組織而已。

每一任的博物館管理員，都清楚黑暗森林法則。沒有管理員會到處宣揚自己是神，而世間的世人，對神的理解，僅僅取決於神話傳說。

包括龍組也同樣如此，他們或許清楚神其實是真實存在的，而且許多次和自己的組織有過交集。

但神到底是什麼，歷屆管理員，都為祂披上了一層神秘的面紗。

就如同季筱彤，明明知道自己的冰心是千年前，神賜予他們季家的。但偏偏不可能猜得到，現在她的神，就坐在她身旁，請她喝店裡最廉價的果汁。

這就是歷代管理員，不斷不斷向世人和世間除穢師灌輸的錯誤觀念。看起來很荒謬，但是世人愚哉，大多都勘不破真相。而真正知道真相的，都會被歷代的管理員清除掉。

反而是迷哉愚人，一代一代的存活下來。彷彿寵物狗的迭代定向選擇，真相，永遠被隱藏了。

「還是現在去龍組的春城分部吧。」夜諾拉著季筱彤就要出門。

「夜諾，你在急什麼？」季筱彤不解道：「現在的你，根本就沒有準備好，人才評定只有極小的機率能過。」

「試一試又不少一塊肉。」夜諾說：「而且我確實很急，我時間不夠啊。」

二十天時間，要解決衣櫃的謎題，他肯定要趕時間。

就在這時，一個粉雕玉琢，一頭烏黑的長髮，穿著白色連衣裙的十歲小蘿莉走了進來。

「歡迎光臨。哇，好可愛的小妹妹。」站在門口的服務生突然眼睛一亮，好可愛的蘿莉。

「小妹妹，你自己一個人來喝飲料嗎，沒有帶朋友？」服務生問。

但小蘿莉根本沒理她，探著小腦袋，東張西望的像是在找誰。

「你找人？」服務生感覺這場景似曾相識。

可面對這麼可愛漂亮的小蘿莉，哪怕人家根本不搭理自己，她也生不出一絲氣來。

「阿諾，阿諾，你怎麼一大早就從我家跑掉了。」小蘿莉終於看到了目標，蹦蹦跳跳的用天使般的嗓音，和自己的小胳膊大長腿一起，朝走廊上的一個男人身旁撲過去，然後一把抱住。

服務生瞪大了眼，她感覺今天自己的世界觀有些崩潰。

怎麼小蘿莉找的，又是那個普通男？她是普通男的妹妹？嗯嗯嗯，不可能，不可能，以普通男的樣貌，基因究竟要怎麼突變，才會有那麼漂亮的妹妹。

而且小蘿莉抱那普通男的姿勢，根本就不像是抱哥哥，更像是在佔領地盤。你看，小蘿莉身體還扭來扭去，想要把自己身上的氣味摩擦到那個普通男身上。

哇，要瘋了要瘋了，這一大一小兩位極品美女竟然瞪上了，哇哇哇，空氣裡瀰漫著火藥味。

服務生傻眼的看著走廊上發生的一切，她心裡嚴重懷疑，夜諾是不是個隱藏極深的富二代。不然怎麼有兩枚美女圍著他轉，而且明顯在爭風吃醋。

這個世界到底是怎麼了！

走廊，幾乎變成了修羅戰場。但鋼鐵直男夜諾，自然是沒有察覺到不妥。慕婉用了甘露，現在神魂和百變軟泥結合得很好，就連季筱彤都看不出端倪。只覺得她就是個普通的小蘿莉。

但當她挽住夜諾時，冰聖女的心臟猛地跳了幾下，又像是被狠狠捏住了般，很不好受。

這是夜諾的妹妹嗎？不，不對。

女性的直覺告訴她，這個蘿莉和夜諾的關係很不簡單。她冰霜般的視線接觸到慕婉的雙眸，兩個女孩的眼神狠狠的碰撞到了一起。

情敵！

兩女非常清晰的定位了對方的身分。

「阿諾，這位大姊姊是誰啊？」慕婉用力挽著夜諾的手，飛機場用力擠壓著夜諾的胳膊。她萌萌的聲線中，大姊姊三個字，被她咬得很死。

彷彿大姊姊，就是「老女人，快滾開」的代名詞。

「她叫季筱彤，是我的朋友。」夜諾突然覺得周圍的氣氛，好像陡然間就冷了，陰颼颼的。怪了，怎麼回事？他也沒見到附近有穢物出現啊。

這裡一個準A級除穢師，一個神，一個暴力蘿莉。哪有穢物不長眼敢冒出來。

夜諾百思不得其解，但他身旁的溫度，還在以指數級的速度降低。

「嗯，小妹妹，你好。我是你哥哥的，朋友。」季筱彤不甘示弱。冰雪聰明的她，用「小孩子，我和你哥哥有正事，你一邊玩兒去」來回擊。

「阿諾可不是我哥哥。」慕婉輕笑著，驕傲的挺了挺飛機場：「我是阿諾的未，婚，妻，哦。」

她一個字一個字，把未婚妻三個字咬得很清晰。

不遠處的服務生已經瘋了。一個十歲小蘿莉都有未婚夫了，而她二十多歲了還是單身狗。這人跟人的差別能這麼大嗎？

嗚嗚，當單身狗被那些餵狗糧的人餵死的時候，沒有一對情侶是無辜的。最不無辜的就是那個普通男，明明那麼普通，竟然有兩個大美女圍著他轉，似乎還在搶他。

這不科學啊。

不，夜諾是真的很無辜。就算他直男到爆，現在也有些感到不太好了。當慕婉將未婚妻三個字說出來時，他感到一股龐大的冰冷寒意，從季筱彤的身上猛地迸發出來。

這可不是好現象，季筱彤無意散發的寒意，足以凍結咖啡廳內所有的顧客，是會死人的。

夜諾連忙一隻手搭在季筱彤的肩膀上，把這兩個火藥桶拽出去。

「你在幹什麼？」夜諾皺了皺眉，對季筱彤說。

被陽光一曬，冰聖女終於從恍惚中清醒。已經有多少年，就因為一句話，讓她心神動搖。

但今天，她卻因為慕婉說出的三個字，而險些殺掉咖啡館中的所有人。冰聖女的眼神在慕婉得意洋洋的臉上劃過，彷佛並不在意。

她的意志不屈，絕不會就這麼放棄。畢竟要遇到一個能接觸到自己的男子，而且那個男子，還能讓她心甘情願的付出所有。這是一件絕無僅有的事。

數千年來，季家的歷代冰聖女，只有自己一人，這麼幸運的遇見了。她不可能放棄。

「你來得正好。」夜諾摸了摸慕婉的小腦袋：「跟我一起去個地方。」

「什麼地方？」

「龍組的春城分部。」

「啥，什麼龍組，什麼分部？」慕婉沒聽懂。

「去了你就知道了。」夜諾突然想到了：「對了，你是怎麼知道我在貓爪咖啡廳的。」

慕婉一陣扭捏：「阿諾，你要聽真話還是假話？」

「真話。」

「嗚嗚，聽了可不要罵我。人家怕你又跑得沒影，把我一個人丟下。所以人家，人家在你的手機裡裝了追蹤定位程式。」

夜諾：「……」

女人好可怕。

沒想到躲得了初一躲不過十五，在如何去龍組春城分部的問題前，夜諾又陷入了修羅戰場中。

季筱彤開著一輛白色的法拉利跑車，而慕婉找夜諾找得急，開了一輛黑色的勞斯萊斯越野車。

兩個女孩，一個洋溢著冰冷，大胸細腰，站在跑車前。一個萌噠噠的用水汪汪的大眼睛站在越野車旁。兩人都用期盼的眼神一眨不眨的盯著他看，彷彿是在等他選擇坐哪一輛車。

夜諾心裡犯起嘀咕。

他能用第六感察覺到，兩輛車上都盤旋著能量巨大的氣旋，如果選擇錯誤，無形的氣旋就會引爆。而他肯定遭殃。

但偏偏，這道選擇題，根本就沒有正確答案，因為選擇哪一個都是錯的。

哎，頭痛啊。

他站著一動不動，一聲不吭，若有所思。

還是「善解人意」的慕婉先開口了：「阿諾，坐我的車吧。我的車寬敞，你看那輛法拉利多矮，視線又不好，太危險了。而且，你沒有必要坐外人的車吧。嘻嘻。」

被稱呼為外人的季筱彤眼皮一抖，沒有什麼感情色彩的她，被小蘿莉說得險些發怒。她哼了一聲：「夜諾，坐，我的。我才，知道路。」

夜諾嘆了口氣，徑直朝著季筱彤走過去。慕婉眼神頓時黯淡下來，正要氣鼓鼓的爆發，就愣了。

只見夜諾走到季筱彤身旁後，一聲招呼不打，扶著冰聖女的細腰就將她給扛了起來。冰聖女驚呼一聲，渾身僵硬，一動也不敢動。

他把季筱彤扛到越野車上，丟到後座，吩咐她坐好。然後在小蘿莉的腦殼上彈了個腦崩。

「幹嘛啊。」慕婉抱著小腦袋痛呼。

夜諾道：「你還是要心裡有數啊，你現在的模樣才十歲，居然開車跑出來，不怕被警察抓啊。」

「嗚嗚，我忘了。」慕婉可愛的吐了吐舌頭，她是真忘了。

「去副駕駛座坐好。我開車，季筱彤帶路。」夜諾雲淡風輕的將修羅地獄化解了，撲克臉下隱藏著一絲笑容。

哎媽呀，一個女人就夠可怕了，現在一口氣給小爺我來了兩個。是嫌我命太長了嗎？還好這次僥倖躲過去了。

春城的龍組分部，就在最繁華的步行街不遠處。更可笑的是，竟然距離自己的暗物博物館也不過才兩條街的路。

可是雙方，都沒察覺到對方的存在。

夜諾在季筱彤的指揮下，在一家古舊的凡柯書店前停下。這凡柯書店夜諾很熟悉，是一間全球性的連鎖書店，基本上只要是大城市都有。

春城的凡柯書店佔地面積極大，甚至佔據了一整棟六層的高樓。在這個寸土寸金的市中心，許多市民都好奇，書店是怎麼存活下來的，畢竟平時客流量並不多啊。

現在謎題解開了，原來凡柯書店只不過是個幌子，書店背後，隱藏著龍組，這個除穢師界的政府機構。

一路上，夜諾簡要的為慕婉介紹了一下龍組的情況。

慕婉嘟著嘴：「阿諾，為什麼它要叫龍組，名字好奇怪啊。一點都不大氣。」

「這個……」夜諾也不清楚。

季筱彤說話了：「據說，最早強行將，十大家族合併為，一個龐大單一組織的，是幾千年前的，神明大人。龍組，的名字，也是，神明大人，取的。」

「季筱彤，你說話怎麼老打逗點，聽得人怪難受的。」小蘿莉逮著機會就找冰聖女的碴。

冰聖女的俏臉又是一陣抽搐，她天生性格就是冷，說話不連貫，也是因為體內冰雪寒意的影響。

拚語速，她無論如何都拚不過慕婉。這是事實。

「到了，下車吧。」季筱彤率先下了車。

「阿諾，你也希望我去做什麼龍組的人才評定，參加龍組嗎？」慕婉問。

「對，多一個人多一份力量。而且你的身體特殊，說不定能在龍組中找到復活的辦法。」夜諾道。

慕婉這輩子，註定已經當不了普通人了，還不如留在自己身旁沒事多盯著。

「嗯啦，只要是你希望的，人家都沒有問題。」小蘿莉笑嘻嘻的將頭靠在他的肩膀上。

「下車吧。」夜諾深深看了一眼凡柯書店巨大的logo，也下了車。

季筱彤帶著兩人，一路走到了書店的深處。找到一個偏僻的位置，夜諾看到一個小櫃檯。櫃檯上刻著一個標誌。

那標誌很奇怪，橢圓形的圈中，畫著一條盤踞的龍，龍身上坐著一個巨大的模糊人形身影。

這就是龍組的標誌。因為整個標誌就是一個小型的除穢陣，所以普通人根本就看不到。

「先登記基本資料，再把，除穢氣輸入龍組標誌，就能打開門。」季筱彤說：「我已經是，龍組成員，不能再，參加評定了。所以，只能帶，你們到這裡。」

「謝了。」夜諾衝她點點頭，道謝後，從櫃檯上抽出兩張表格，寫了自己和慕婉的基本資料。填完後，隨手把手指按在標誌上。

白光一閃，櫃檯後的一扇小門頓時敞開，夜諾帶著慕婉走了進去。

門外的季筱彤躊躇了一番後，心裡還是不踏實。她思來想去，最後朝右，走入書店另一道隱蔽的門內。

一直以來，她都是個循規蹈矩的人，但今天為了夜諾，她不得不將原則扔到一旁。

那道門後有個裝修豪華的房間，擺滿了珍饈佳餚，裡邊坐著十多位除穢師，每個人的級別都不低。但一看到季筱彤走進來，全都嚇了一大跳，急忙站起身。

「冰聖女，您怎麼來了。」其中一個絡腮鬍大叔驚訝道。

季筱彤面無表情：「來，當評委。」

眾人又是一陣意外的譁然。

這間休息室，是這次人才評定的分會場觀察室，從對面的單向玻璃，能看到所有參賽者的一舉一動。而他們這些評委掌握著所有參與者的生殺大權。

「您，您要當評委？」另一個西裝男大叔結巴道。

季筱彤皺眉：「怎麼，我沒，資格？」

她身上的冰寒之氣稍微傾瀉而出，整間觀察室的溫度瞬間降低了好幾度，評委們瑟瑟發抖。

「怎麼可能，連冰聖女都沒有資格，誰還有資格。」西裝男大叔打了好幾個哆嗦。只要是A級以上的除穢師，都能申請來當評委。

冰聖女太可怕了，只是隨便流露出的寒氣，都能殺死人。

不過許多評委都極為意外，季筱彤的性格清冷，且一碰別人就死，所以她極少出現在公眾場合。怎麼今天太陽從西邊出來，心血來潮要當評委了？

她要當評委，沒人敢囉嗦。季筱彤就那麼輕輕的走到落地玻璃前，聚精會神的朝裡觀察起來。

冰美人的視線在尋找著什麼，一眨不眨，最終停留在了某一處。

03

人才評定賽

進門後，夜諾和慕婉來到了一個偌大的房間內。這個房間大約有五百多平方公尺，異常寬敞。

房間中已經聚集了許多人，夜諾粗略估算了一下，人數大約在五百左右。這些人的實力還不錯，要說綜合素質，確實比曾經遇到過的一般除穢師要高一些。

最主要的是，這些人的年紀都不大。他不知道的是，走人才評定這條路，和公務員一樣，有年齡限制。

公務員考試年齡限制在三十五歲，而龍組的人才評定，年齡最高不得超過二十一歲。夜諾的年齡算大的。

表面上的實力，也是最渣的。

參賽者看又有人進來了，都不由得轉過頭，或冷淡，或不懷好意的看向夜諾兩人。

夜諾也沒管那些人，找了個舒服的地方，靠著牆和慕婉有一句沒一句的說話，等待考核開始。

他不遠處有一扇大窗戶，玻璃後的評委看到夜諾進來時，全都沸騰了。

「臥槽，哥們，仙人板板喔，我看到了一個奇葩。」絡腮鬍評委驚訝的大呼小叫：「你看那撲克臉男生，他看起來有二十了吧，才F5級。」

他的話讓一眾評委全圍了過去：「真的耶。這奇葩傢伙到底是從哪裡冒出來的，難道沒有人跟他講解過咱們人才評定的標準嗎？」

西裝男哼了一聲：「胡鬧，那個小夥子簡直是在胡鬧。這麼低的等級，完全是在拿自己的生命開玩笑。」

「好啦，老王，你別擔心他的小命了。就他那天賦，連第一關都過不了。想要小命有危險，至少也要過第一關啊。」

眾多評委一臉看熱鬧的表情，希望看到夜諾等會出洋相。

多少年了，人才評定的現場多少年沒有出現過二十歲才F5級的人來考試了。這麼低的水平，在外圍除穢師中都算是垃圾般的存在，這種人居然還妄想通過人才評定，去考龍組的正式成員。

真可笑，現在的龍組，哪裡是什麼阿貓阿狗都能進去的。

被眾評委嘲笑的夜諾絲毫不知，但季筱彤卻聽在耳中，就算她性格再清冷，聽到夜諾被詆毀侮辱，也怒得不得了。

「啊，怎麼屋子又冷起來了。呼呼，好冷！」好幾個說話惡毒的評委同時打了個冷顫，他們總感覺背後有一雙眼睛，正盯著他們。

評委們下意識的回頭，視線碰在季筱彤的雙眸上。

季筱彤的眼中帶著一絲結凍的寒氣，偌大的房間竟然蒙上了一層冰霧，顯然是情緒不好。

評委們嚇得縮了縮脖子，不敢再說話，他們完全沒搞懂，季筱彤到底為什麼突然生氣了，而且怒火很明顯是衝他們來的。

這喜怒無常的姑奶奶，他們可惹不起。

「好了好了，人來的差不多了，就這麼多人吧。開考。」坐在主位上的一位準S級除穢師看了看時鐘，開口道。

十多名評委全都坐回自己的位置上。

本來實力第三，已經接近B5級巔峰的絡腮鬍悲催的發現，自己的位置被佔領了。季筱彤毫不客氣的坐在他的位置上，視線仍舊放在落地玻璃外的某一處。

「那個。」絡腮鬍麻著膽子，對季筱彤打了招呼。

季筱彤的冰眸移向他。

絡腮鬍渾身一抖，訕訕笑道：「沒什麼，沒什麼，打擾了。」

冰聖女莫名其妙的怒火似乎還沒有消除，而且對自己的敵意也不小。絡腮鬍哪裡敢向她要位置，自己沒地方說理去，堂堂一個B5巔峰，拿出去也在組織中排得上號的除穢師，只能隨便找個地方，沒有尊嚴的蹲地上去了。

至於考試室內，雖然夜諾沒啥大動靜，但在一起參加考試的人群中，他也引起了轟動。就因為他的年齡和實力，實在是渣得夠嗆。

「你看那個人，都二十歲了，才F5。」其中一個黃毛哈哈大笑的對著同伴說。

參賽者各自有各自的手段，能約略探查別人的大概實力。

而夜諾沒有遮掩自己的實力，也不需要遮掩，他本來就是F5而已。所以大多數實力遠高於他的人，一眼就看透了。

「不會吧，難道那個人準備扮豬吃老虎？哪有人二十歲了才修煉到F5的，就這種天賦，他好意思來參加評定？」黃毛的同伴疑惑道。

「沒有，他身上沒有施過除穢術的痕跡，他就是個F5。」另一個同伴很冷靜的使了個除穢術在眼睛上，認認真真的打量了夜諾一分鐘後，確認道。

黃毛兩人頓時又是一陣嘲笑：「太可笑了，他真的F5就跑來參賽了，他不怕死啊。」

「怕什麼，龍組的評定大門大開著，只要想參加的都能來。不過就算臉皮夠厚，怕是等一下也要丟臉丟到沒臉皮。他連第一關都過不了，不信你們等著看熱鬧。」冷靜男的分析很透徹。

類似的討論，不光在黃毛中討論著，沒過多久，評定賽中有一個二十歲的F5來參加考試的消息就傳開了。很多人都對著夜諾指指點點。

夜諾被人笑嘻嘻的盯著看，看得莫名其妙。

「阿諾，你難道是名人。他們都在偷看你耶。」慕婉扯著夜諾大呼小叫。

夜諾皺了皺眉頭，這些人的笑中不懷好意，而且很有準備看熱鬧的心理。他從進來後就沒做出格的事，理應淹沒在大眾裡不起眼才對。

想了一想後，他想明白了，參賽者最低的實力，都是E級中期。感情自己是最弱的，而且還弱得引人矚目了？

人類啊，嘖嘖。天性果然惡劣。

夜諾知道緣由後，就不再理會。

慕婉也從別人的笑中看出了端倪，憤憤不平：「阿諾，原來他們在嘲笑你。哼哼哼，他們都是壞人。」

女孩惱了，她一惱，就有人會遭殃。慕婉不懷好意的朝嘲笑夜諾的人盯了幾眼，眸子骨碌轉了幾下，不知道心裡在打什麼鬼主意。

「評定開始。」就在這時，一個渾厚的中年男性聲音，響徹整個考場：「規則如下，請各位參加評定的參賽者，都認真仔細的讀幾次。」

接著對面的螢幕，出現好幾排文字。

這次參加考試的參賽者，有許多已經考了不止一次。對於考試的內容清楚得很。但夜諾和慕婉都是第一次參考，所以他認認真真的看了起來。

「原來如此。」很快，他就看完了。

螢幕上的文字有很大篇幅，都在介紹和美化龍組這一組織。這很符合邏輯，自古成王敗寇，贏了的政府或組織，自然會對自己歌功頌德。龍組也沒例外。

但後邊的一些內容，就很有些意思了。許多地方夜諾甚至都沒接觸過。

例如一個人，體內的暗能量，也就是除穢能的等級，並沒有夜諾想的那麼直觀，甚至不單純的只看能量值，還需要好幾組數據來判定。

例如，除穢術的能量指數及屬性、理論基礎知識、身體素質和技巧，這三項的總和數據，再取得平均值，就是你真正的等級。

而評價考試，考的也是這三門。

第一門考試，考的就是能量指數及屬性。總分一百分，據說是利用龍組自古流傳下來的除穢器來檢查。每個人都有不同的暗物質屬性，根據屬性的不同，每個人擅長的除穢術也都不同。

這門考試總分一百分。計分方式很簡單，年齡越小，體內暗能量越高，得分越高。屬性越稀有，對除穢術的適應性越廣泛，得分越高。得分低於六十，直接出局。

這也是為什麼，無論是評委還是參賽者，都不看好夜諾的原因。因為他已經二十歲了，體內除穢力才九十左右。就算他的屬性再稀有，得分大概也不會超過二十。畢竟，他年齡太大，已經沒有潛力了。

第二門考試，是考理論基礎知識。這門考試，考的是人類對穢物以及應對穢物的方法的了解程度。對除穢術的種類，以及適用範圍的深度廣度進行評測。總分一百分。

低於六十分，直接出局。

第三門考身體素質和技巧。

這最後的一門考試，說得很輕巧，其實是最直接暴力的。沒有出局的考生，直接抽籤上台比賽。贏一局，得十分，輸一局，扣十分。總分同樣一百分。

三項總分，三百分。

而五百多個考生，只有總分前十，才能夠成功被評定為龍組需要的人才。

考試時間一共兩天整。如果不出意外的話，被評定為人才的考生，可以直接參加一月初的龍組正式成員考試。

但幾乎沒有人這麼順利。因為龍組的正式考試，雖然和人才評定的方式差不多，但卻更加嚴苛。而且內部考的人中，以世家子弟居多，那些從小就受到特殊培養，用穢珠養起來的少爺小姐們，每一個都是真正的天才。

很多考生，都會努力一年，再去參加。畢竟已經拿到資格，根本不需要太急。急容易出錯，還是緩一點穩當些。

不過這些都不是夜諾需要考慮的。他眼前最急的，還是要盡快搞定第四扇門的任務。

很快，第一輪考試開始了。螢幕前出現了一個轉盤，轉盤外圈是所有參賽者的名字，而正中央是一個個的帶著數字的圓球。

圓球不斷的滾動，不時有標簽被滾到人名的下方。沒過多久，所有標簽就被分配完畢。夜諾的標簽是444，很不吉利。

而慕婉樂呵呵的指著自己的標簽，她是13號。

「阿諾，我測試比你早多了。嘻嘻。」慕婉笑嘻嘻的甩了甩馬尾，天真無邪的模樣，讓身旁許多母愛氾濫的雌性都在流口水。

分配完標簽後，螢幕緩緩上移，十扇紅色的小門露了出來，每扇門上，都有一個電子螢幕，顯示對應的編號。

「終於開始了。」編號前十的考生雀躍的歡呼著，分別走進對應的門中。

考生一進去，紅門就關閉了，快則一分鐘，慢則幾分鐘，就有考生陸陸續續出來。門上的電子螢幕，出現對應考生的分數和排行。

這幾個人中，編號1的男生，叫做丁樂，十六歲，分數剛好八十。除穢能屬性是天眼。這個丁樂正是黃毛隊伍裡最冷靜的那位，天眼屬性意味著他最擅長探測類的除穢術。

顯然丁樂對自己的八十分很滿意。

超過六十分後，每往上多一分都很難。據說往年人才評定，分數最高也才九十分。是十多年前一個叫席紹的大神。當年席紹才十一歲就參加了人才評定，現在據說已經是A3級別的除穢師大能了，在龍組佔據了一席之地。

果不其然，同組測試的十個人中，丁樂的分數最高。其餘高的七十三，低的堪堪才過六十而已。

第二組的十個人，慕婉就在其中。她朝夜諾揮揮手，雙馬尾一晃一晃的，走進第三扇紅門內。

在她走進去的一瞬間，坐在觀察室中，季筱彤身旁的一位中年考官霍然而起，眼睛一眨不眨的盯著慕婉的背影，顯得極為震驚。

「公祖兄，你看到什麼了？」絡腮鬍蹲在地上，剛好看到那位考官奇怪的神色，連忙八卦的問。

叫公祖的考官神色複雜，面帶狂喜：「奚景兄，你剛剛看到那位十歲左右的女孩了嗎？」

「哦，你說的是那個站在F5奇葩旁的小女孩？」絡腮鬍點頭：「那個小姑娘感覺讓人有點奇怪。」

「你的感覺是對的，她何止奇怪。那個叫做慕婉的小姑娘，通體彷彿渾然天成的除穢體質。除穢能在她體內流轉，毫無障礙。如果我沒有看錯，她，或許是一個天能體。」公祖說。

他的話引起了所有考官的注意，畢竟公祖的屬性是強天眼，是天眼的進階。在偵測方面非常的強大。

其中一個考官猛地搖頭：「不可能，已經很久沒有出現擁有天能體的人了。如果有，也應該出現在咱們龍組的十大家族中。要知道，連十二聖女，都不是天能體咧。」

一旁的季筱彤，嘴角隱秘的抽了抽。

慕婉或許是天能體這件事，早在她看到這女孩的第一眼就已經有所察覺。天能體是什麼？那是天才中的天才，身體天生就能接納除穢能，無論是什麼除穢能，都能修煉至大成。只要稍微培養一下，很快就能成長為A級除穢師，甚至在三十歲左右，成為真正的S級。

這還不是天能體最可怕的地方。

例如季筱彤也有自信，能在二十多歲時，跨過S級這一步。但天能體恐怖就恐怖在，季筱彤知道自己想要越過準S級這道坎，很難很難，需要機遇運氣。

但是天能體這種體質的人，和所有人都不同。她的修煉沒有極限，也沒有上限。只要讓她一直修煉上去，她可以刷新人類對除穢能高度的三觀。

不過，已經有好幾百年，沒有出現過天能體了。據說七百年前，龍組的最高領袖，就是一位天能體大能，他的修為有多高，已經沒有人能夠揣測到。可惜，那位領袖捲入了穢物暴亂，以一己之力在冥界殺了兩隻龍級穢物，最終隕落。

至此後，再也沒有出現過任何天能體。可想而知，天能體究竟有多珍貴。

「至於那個叫做慕婉的丫頭到底是不是天能體，到時候就明白了。」公祖躊躇了一下，他只是稍微看了一眼，並不怎麼確定。

如果慕婉真的是天能體的話，第一場考試的分數，一定會超過八十分。哪怕她現在基本上體內沒啥除穢能，等級可能還不到F1級。但體質比天高，單憑著天能體這一項，就能超過八十。

公祖的話將所有人都吊了起來，十多個考官，不由得揚起脖子，一眨不眨的看著慕婉走進去的紅門。

一旦這世間真出現了天能體，慕婉後邊的考試就不用考了，她會直接被評定為專有人才。甚至一月初的內部考試，也不需要了。龍組會直接吸納她為正式成員。

天能體的珍貴，無法參考，也無法代替。

季筱彤感覺心裡不痛快，這個看起來溫婉，但實則古靈精怪的慕婉可是自己的情敵。情敵好過，她心情就不舒坦。

時間一分一秒過去，其餘九個紅門內的考生都已經出來了。他們有的雀躍，有的傷心。九人中，有六個沒有超過六十分遭淘汰，剩下三個的分數也不高，剛過及格線。

足足五分鐘後，慕婉還沒有出來。

觀察室中，不光別人，就連主持考試的主考官，那位準S級的存在也開始欣喜不已。因為檢測的速度越慢，越是證明慕婉的屬性稀有。她是天能體的可能性就越高。

同樣，在考場中，也有人注意到第二輪中，有一名考生遲遲沒有走出門。

「喂，丁樂，你看到走進第三扇門中的那個雙馬尾小女孩了嗎，她怎麼這麼久了還沒出來。下一場應該輪到我了，哎，好急。」黃毛鬱悶的說。

這傢伙通常不帶腦子出門，現在居然出現了考前焦慮。

丁樂推了推眼鏡，不急不緩的道：「她的分數一定不低。」

「怎麼說？」黃毛頓時來了精神。

「你不會不知道吧。測試的時間越久，就證明那小女孩的屬性越稀有。越是稀有的屬性，分數佔比也就很高。那小姑娘我用天眼術看過，她渾身縈繞著一股讓我無法理解的力量，明明除穢能很低微，可卻令我無法直視。」丁樂嘆了口氣：「那姑娘，不簡單啊。」

「在我看來，她就是個精緻的洋娃娃。」同一組的另一名女孩，花痴的流口水。慕婉的五官太精緻了，不要說男性，就算是對女性都有致命的吸引力。

「千柔，把你的口水收回去。髒死了。」黃毛嫌棄的對女孩說：「都要十分鐘了，也應該出來了吧。我臨考時心臟跳得厲害，橫豎都是一刀，快讓我測試啊喂。」

丁樂白了他一眼：「白痴，說不定我們就要見證歷史和奇蹟了。」

「啊，啥意思？」黃毛和千柔同時一愣。

「據說當初那位第一輪測試高達九十分的神人席紹，他的屬性就很特殊，測試時間用了八分多鐘，已經史無前例了。這名叫慕婉的少女，已經進去九分鐘了。她的屬性，或許比席紹更加強悍。」丁樂說。

黃毛和千柔咂舌道：「不可能吧，那個小女孩，頂多也就是個 F1 罷了。」

「那是你們不知道龍組對咱們的要求。實力在人才評定中只是其次，他們要的是特殊屬性的人才，因為只有屬性特殊，今後才會有高可塑性，才會爬得更高。說穿了，龍組只要天賦，要天才。」丁樂一針見血的道。

黃毛和千柔啞然，這些他們當然知道。

雖然他們三人不是出身龍組十大世家，但也是中等家族和小家族的成員。不要說他們了，基本上，其他考生和他們的情況都差不多。

在家族中算不上頂尖，也沒名額和資格直接參加龍組的內部考試。就只有通過人才評定這條路，來進入體制內。

大多數龍組的秘聞和人才評定考試的內幕，他們同樣清楚得很。

不光是黃毛這一組，其他許多考生，都發現了慕婉的考試異樣。她已經在門內待了九分多鐘，還沒出來。這意味著什麼？

眾人的注意力，全都集中在第三扇紅門前。有人屏住呼吸，默默等待。有人心裡明白，說不定今天的十個名額，在慕婉出來的那一刻，就會直接少一個。

而更多的人，在竊竊私語，議論著慕婉到底是什麼來歷。

終於，在第十分鐘時，紅門緩緩開啟了。

這一瞬間，就連考官都安靜下來。所有人一眨不眨的，將視線移向紅門內。慕婉一臉燦爛笑容，出門後，就啪啪啪的朝夜諾跑過去。一邊跑，兩條長長的馬尾一邊在頭上搖晃。

「阿諾，人家在裡邊待得很無聊啊。嘻嘻嘻。」慕婉跑到夜諾身旁，一把將他的胳膊抱住，頭還在他的肩膀上磨蹭了好幾下。看也沒看身後的螢幕，彷彿她眼中，自始至終只有夜諾而已。

無論是考官還是考生，在這一刻都有點呆滯。他們的注意力死死的咬在了螢幕上，只見紅色的螢幕，赫然出了慕婉的成績。

高達九十三分。

分數一出，所有人都譁然了。

不光是目瞪口呆的黃毛和千柔，就連丁樂也是一副見了鬼的表情，少有的罵了髒話：「臥槽，我本來以為那丫頭會和席紹大神一樣，考個九十分就差不多了。沒想到她光靠體質，就達到九十三分。這少女到底是什麼體質？」

分數下邊，有簡短的關於慕婉的屬性介紹。

又是一陣臥槽傳開，居然是天能體。

相比慕婉的九十三分高分，這天能體三個字，更是壓得人喘不過氣。奶奶的，天能體代表著什麼。代表著慕婉是全屬性，任何除穢術，只要她想，她都能學。全屬性，代表著沒有限制，她可以成為全能除穢師，為所欲為。慕婉的小胳膊小腿，現在在眾人眼中，哪裡還羸弱。明明就是可以抱一輩子的大腿啊。

這屬性，簡直比十二聖女的單一強屬性還要牛逼得多。這麼牛逼的人，不管是哪個小家族，都是被供奉的人物，怎麼跑來人才評定考試中，來跟自己這些學渣搶名額了？

丁樂想不通。

同樣想不通的，參賽者中多的是。

慕婉的排名顯赫的出現在參賽者中的第一位上，光芒四射。考完試和還沒考試的人，哀號一片。

上了九十分後，大一分壓死人。歷史上最牛逼的席紹大神，他是六屬性的天才。不過席紹的九十分中，有八十分，都源自他本身的實力。

慕婉高達九十幾分的屬性，實在太可怕了。

整個考場，或許只有夜諾很淡然。因為是他一手用百變軟泥製造了慕婉的身體，百變軟泥本就可以變化為萬物，海納百川。慕婉全屬性的體質，自然也出自於此。

觀察室內，考官們轟動了。

「果然，這個叫慕婉的小姑娘，果然是天能體。」公祖抓著一張剛印出來的文件，認認真真的看起來。

這些文件上，是慕婉的詳細數據。

她的除穢能只有可憐巴巴的十，但是身體素質卻是A級的。只要稍微培養，或許不用二十歲，就能成為準S級的除穢師。

這怎麼能讓人不震驚。

「快，通知高層。就說咱們春城考場，出現了天能體。」主考官一臉揚眉吐氣。作為川內最大的省會城市，擁有一千五百萬人口的春城，一直以來人才評定在同級城市中都是墊底的。

主考官經常臉面無光。可是這一次，絕對能給他長臉。天能體啊，龍組高層一定會震撼的。

九十三分的成績，肯定是能雄踞本次考試的霸主。

說著，他瞥了一眼大螢幕旁的畫中畫。

根據考場規則，每年的人才評定都會匯總所有城市的最高分，在各個考場進行排行。考生們能透過螢幕，看到自己考場的排行情況，也能看到所有考場的總排行。

人才評定每三個月都會舉行一次，這一次考試，唐國一共有一百多個城市參考。

第一輪比賽中，最高分屬海城一名叫費衛的十三歲男生。分數高達八十七分。

但這一刻，所有參考城市都譁然了。他們目瞪口呆的看到一名叫慕婉的十歲女孩，她的九十三分，力壓群榜，雄踞總榜第一位。

眾城市的考生全絕望了，這什麼情況，春城是什麼時候出了個妖孽。能考九十三分的人，在家族中一定很有地位，不直接那名額去考內部考，跑來跟他們湊什麼熱鬧。

海城，考了八十七分的費衛，第一名的位置還沒有坐熱就被慕婉刷了下去。他心有不甘，直勾勾的看著榜單發愣。

「費衛，你已經很不錯了，我們要看總分。」他的隊員拍了拍這個只有十三歲的男孩。

費衛苦笑。打小他在家族中就被稱為天才，他也總認為自己是真的天才。就連內部考試名額，他也沒看在眼裡。自己的資質自己知道，他費衛來考人才評定，就是為了讓世人知道，他費衛不靠家族，只靠自己，就能站得筆直，力壓同年齡層的所有天才。

甚至他有一個夢想，要刷下十多年前席紹前輩取得的榜單第一，把自己的名字換上去。

要知道，只要取得總榜第一，龍組可是有特殊獎勵的。那個獎勵，極為讓人心動。

但費衛萬萬沒想到，出師不利，原本以為自己第一門考試八十七分的成績已經很高了。卻出了一個慕婉，直接將他壓了下去。

他不甘心。

不過這才第一門考試，總分有三百分咧。當初席紹前輩的三項總分，體質屬性九十分。理論知識九十三分。身體素質和技巧一百分。總分一共兩百八十三分。

他只需要理論考試考到九十七分，第三場一百分，理論上就能超過席紹。對他而言，第二場考試，並不難。

「加油。」費衛給自己打氣。

轉回考場中，眾多考生看著慕婉的目光有羨慕有嫉妒，一組一組的人走進去測試。但能上八十分的很少。慕婉高達九十三分的分數，沉甸甸的壓在所有城市所有人的心口。

直到現在，都沒有人比她的成績更高。

整個上午過去，下午接近三點時，終於輪到夜諾測試了。

「加油喔！」慕婉用小手手畫了個愛心。

「嗯。」鋼鐵直男只是嗯了一聲，隨後朝紅門走去。

這一次，他身上又匯聚了無數的目光。不同的是，有人幸災樂禍，有人看熱鬧，有人想看他的笑話，不過沒有一個人看好他。

畢竟二十歲的F5，除非又出現像慕婉一樣的逆天全屬性，否則夜諾絕對不可能上六十分。

「那個慕婉的隊友，情況有點不妙啊。」千柔捋了捋自己的長髮。她剛剛才評測完，分數七十六分，還算不錯。

黃毛看著自己的分數：「老子才七十九分，沒天理啊。」

「屁的沒天理，你這個白痴腦子裡全是屎，居然分數比我還高，這才叫沒天理。」千柔罵道。

丁樂推了推眼鏡：「按常理說，那位叫夜諾的哥們，基本上是過不了評測的。最多二十分，不能再多了。估計只要十幾秒，他就會出來了。」

「哎呀，那丫頭，肯定要傷心了。自己是天才，哥哥庸才。」千柔惋惜道，不知道心裡想到了什麼傷心事。

丁樂撇撇嘴：「他們不是兄妹，那慕婉一直都在說自己是夜諾的未婚妻，夜諾還滿臉不怎麼樂意。兩人應該是雙方家長訂下過娃娃親吧。」

「哇，天雷滾滾啊。那丫頭看起來才十歲，居然都有未婚夫了。老娘十六歲了，怎麼還是單身狗。這堆狗糧我可不想吃。」千柔捂住了腦袋。

黃毛指了指自己的臉：「想要結束單身，找我啊。」

「滾，我寧願和一坨屎睡覺，也不要在你身上結束單身。」千柔瞪著他。

丁樂搖了搖頭，淡淡道：「無論如何，他們就算以前是未婚夫妻，以後大概也不是了。慕婉姑娘那麼高的分數，今後的路平穩得很。我是慕婉的父母，也會棒打鴛鴦，至少也要找個門當戶對的。」

這三個人的內心戲很足，但不久後，就有點打臉了。

黃毛突然說道：「喂，丁樂，你不是說夜諾進去個十幾秒，就會出來了，直接出局嘛。不對啊，你說話到現在，都已經兩分鐘過去了，他還沒出來。」

丁樂一愣，然後直接傻了。

不對勁啊，二十歲的 F5，怎麼能堅持到接近三分鐘的？難不成，那個夜諾的體質也有些特殊。不，不可能，他明明用天眼看過。夜諾很普通啊……

感到不對勁的，還有別人。甚至連坐在地上的絡腮鬍考官，也突然狐疑的站了起來：「四分鐘了，那個 F5 居然沒出來。怪了，該不會出了什麼危險？」

無論外界怎麼說，夜諾發現，自己進入了一個神奇而又熟悉的所在。

—04— 伏羲水鏡

紅門內，是一個小房間。

小房間的正中央，有一張紅色的椅子，以及一面古色古香的銅鏡。銅鏡被掛在牆上，看花紋樣式，竟然和暗物博物館管理室內的那一面鏡子，極為相似。

那面能夠查看自己屬性的銅鏡，在這裡，變成了人才評定的第一門考試項目。不用說，這絕對是某個前輩管理員從博物館中拿出去的遺物。

夜諾眼睛上戴著的看破一閃，刷出了一串數據。

「中級遺物，伏羲水鏡。由 1011 號管理員獲得並命名。現在無主，但擁有次級授權。此遺物可以幻化出數萬分身，分身和本體訊息相通。每一分身，都有本體萬分之一的能力。可以勘破物質的本源。」

「果然是遺物，而且遺物的主人應該已經隕落了，沒有主人。不過龍組有次級授權，還能用。」夜諾撐著下巴，饒有興趣的分析著。

伏羲水鏡能夠化身萬千，每一面鏡子化身，都像是現代的互聯網一樣，互通數據，這就很有意思了。看來龍組以伏羲水鏡為主心骨，並配備上現代的高科技產品，建構了整個人才評價系統。

「444號考生，請往前站一步，坐在椅子上。」一個聲音，從房間中傳了出來。

夜諾坐到椅子上，伏羲水鏡的分身，剛好將坐在椅子上的他映入鏡子裡。鏡子的表面，一圈一圈的波紋圍繞著鏡子中的他蕩漾，蕩漾個不停。

無數的數據在鏡面上不斷刷過，像極了遺物看破在進行數據分析時的特徵。這一探測，花了很久時間，長得夜諾無聊的掏出手機玩了起來。

但鏡子彷彿遭遇了什麼困擾的事，總是無法正確的將夜諾的體質數據檢查出來。最終，分鏡向本體尋求幫助。

猛地，伏羲水鏡光明大作，炫目的照在夜諾身上。

「什麼情況？」夜諾有些懵。

而遠在京城的考場，所有考生都驚訝了。因為一位穿著白衣，面容俊俏的十六歲男生，從紅門內走了出來。

男生回頭一看螢幕，輕輕的笑了笑，顯得極為從容。

螢幕上，無論是總榜第一，還是分考場第一的排名，都產生了變化。原本總榜上慕婉的名字，竟然被刷了下來，一個叫做任天的名字，赫然出現在第一位。

第一場考試高達九十四分的成績，比慕婉高了足足一分。

一百多個考場，全都譁然了。

春城考場裡，丁樂目瞪口呆的看著任天的名字，難以置信。

就連腦袋裡全是屎的黃毛也察覺到一絲詭異：「奶奶的，今天到底是怎麼了。剛剛出了個慕婉，把席紹大神保持了十多年的第一場考試紀錄破了。結果位置還沒坐穩多久，又出現了一個逆天的神秘人任天，以九十四分的成績，將慕婉刷了下來。這還讓不讓人活啊，怎麼一天之內，居然出了兩個妖孽！」

丁樂一陣無語，頹然道：「這恐怕算得上是黑天鵝效應了。」

他說完，眼神卻閃過一絲精芒，又道：「不過對我們而言，卻不一定是灰犀牛效應。」

無論是黑天鵝還是灰犀牛，別人看到的是危機，但丁樂看到的卻是機遇。

「那個任天是誰？」千柔眼中劃過一絲狐疑：「怎麼那麼耳熟，好像在哪裡聽過。」

「任天，他姓任啊。」丁樂提醒。

千柔頓時恍然：「他是任家的？你妹的，明明任家是十大家族之一，他不去參加內部考，卻到這兒跟我們一起搶名額，這不是存心秀優越嗎。我就不信以他這麼逆天的天賦，沒有內部考名額。」

丁樂皺了皺眉，神秘道：「你還記得一直都排第二名的費衛，第一場考試考了八十七分的那個，他好像是費家的。」

「臥槽，也是十大之一。」黃毛咂舌：「到底發生了什麼事，怎麼這次考試，連著兩個十大家族珍藏的天才，都出現了。」

「或許和坊間的一則流言有關。前段時間，冰聖女季筱彤，不是成功施展了神術嗎？有傳言說，神，已經回來了。」丁樂道。

這句話簡直石破天驚，黃毛和千柔備考一年，幾乎都沒有關注外界，所以更加的吃驚：「神明大人，真的回來了？」

「既然聖女能夠施展神術，那就八九不離十了。」丁樂說：「所以有流言說，組織拿出了一個特殊的除穢器，要獎勵刷新人才評定第一的人。」

黃毛不解道：「丁樂，你說話怎麼沒頭沒腦的。神回歸了，和獎勵除穢器之間，有什麼關聯嗎？」

「當然有。」丁樂說：「這個規定，據說是神當初訂下的。只要神再次回歸，就要將那個除穢器透過人才評定送出去。至於為什麼，我又不是神明大人，當然不清楚。」

千柔了然道：「原來如此，那個除穢器到底是什麼？十大家族居然都想搶到手！」

「我不清楚。」丁樂搖頭。他屬於一個小家族，雖然他們家族獲取訊息的管道很多，但高隱秘級的訊息，獲取起來就不容易了。

「真是個糟糕透頂的消息。會不會有更多十大家族的人，潛伏在最近的人才評定賽中啊？哎呀，最近想要通過人才評定拿到編制敲門磚的人，看來是不好過了。」千柔嘆了口氣。

黃毛倒是沒想那麼多，他疑惑道：「對了，都六分多鐘了，怎麼那個F5級的夜諾，還沒有出來？」

丁樂恍惚了一下，對啊，夜諾還沒出來。奶奶的，該不會是死在裡邊了吧？不對啊，從來沒聽說過第一關會死人的。

在沒人看得到的小紅門內，這一刻的夜諾，被暴漲的亮光，給氪得睜不開眼。

「太亮了，你是太陽啊。」夜諾鬱悶道。

就連他倒映在鏡子裡的影子，都蒙上了一層刺眼的金光。

鏡子上的數據，因為有本體加持，刷新得飛快。終於，亮光緩緩熄滅，只是縈繞著夜諾一圈，金光閃閃，彷若紫氣東來。

面容小帥的夜諾在這一刻，就彷彿天神下凡，熠熠生輝。

「哇，我真帥！」夜諾摸著下巴，鏡子中的他，帥得太不像他自己了。

話音剛落，鏡子裡的他周圍，突然出現了無數的虛影。每個虛影都像是一個看不清面貌的人，那些人有的魁梧，有的壯碩，有的英姿勃發，有的貌美窈窕。

每一個人，都像是天仙降臨。

無一例外，那些剛剛還像天神般站著的虛影，突然就朝夜諾的影子跪了下去。

鏡子中間，慢慢的浮現出一行金色的字體：

「您的屬性為，神。身體素質，神體。技能等級，神級。除穢師等級評定，F5。」

「神明的身分已經確定，直接獲取最高控制權限。」

接著，鏡子裡又出現了一行字：「您好，神明大人。」

「果然檢測出我的身分了。」夜諾撓撓頭，倒是沒有慌。他早就猜到了，既然是出自博物館的遺物，肯定能看破他的身分。

但自己的身分絕對不能暴露，剛剛在玩手機時，夜諾絲毫沒有閒著。只要一有不對，他就會花費博物館權限點，強行取得伏羲水鏡的臨時控制權。

但沒想到，這個伏羲水鏡，竟然有基本的邏輯思考能力。

「神明大人，您不需要直接接管我。這樣太浪費權限點。」伏羲水鏡的表面不斷刷過文字，顯然，它的思考能力還不弱，它推演到了夜諾想要幹啥。

夜諾皺眉：「你是怎麼回事？我看過關於你的資料，你應該沒有自我思考的能力才對。」

「神明大人，龍組幾千年來，一直都在對我進行改造。現在我的本體已經連接了一百台超級量子電腦。我可以利用電腦的運算力，模擬人類思考的過程。」伏羲水鏡再次刷新文字。

「牛逼啊。」夜諾是真的覺得牛逼，沒想到龍組居然能改造暗物質遺物，這個組織的實力，恐怕比夜諾想像的更強：「這件事，龍組知道嗎？」

「不知道。」

夜諾心臟猛地一跳：「他們居然都不知道你已經產生了初級智慧的事。」

「人類的邏輯，會將危險扼殺在搖籃裡。我具有初級智慧，對龍組而言，是一件極為危險的事。」

「確實如此。」夜諾點點頭，接著一個字一個字的道：「那你為什麼告訴我？」

「因為根據最高規則，神明出現時，您的次級權限等級，要高於一切。您現在擁有我的最高使用權限。我無法對您隱瞞，也沒有必要。」

「比龍組的權限還要高？」夜諾問。

「是的。」

夜諾眼睛一亮：「有點意思。你能做什麼？」

「我掌握著龍組的所有任務系統，連接著資料儲存庫。」

「那你把龍組最高等級的資料，給我看看。」夜諾笑起來，得來全不費工夫啊，沒想到自己還沒進龍組，就已經掌握了龍組全部的訊息。他還考個屁啊！

但沒想到，伏羲水鏡上雖然浮現大量的文件夾，但每一個文件夾上，都被加了密。夜諾一個也點不開。

「怎麼回事？這些文件的加密等級很高啊。你不解密，我怎麼讀得了？」夜諾皺眉。

伏羲水鏡上出現了一行字：「由於量子電腦的加密原理，我只能將資料提取給您，但無法替您解密。密鑰在主要負責人手中。」

「感情我也只能乾看，切。世上好事果然沒那麼好拿。」夜諾鬱悶道。得了，路最終還是要一步一步走，飯還是要一口一口吃。不過以後進了龍組，擁有伏羲水鏡最高權限的他，也能橫著走了。

「對了，我的所有數據，後台都能調出來嗎？」夜諾問。

「可以的。」

「那我的身分問題，你找一個合理的藉口，幫我隱瞞著。」夜諾命令道：「好了，浪費了我十多分鐘，我也該出去了。你在你的權限範圍內，盡量不留痕跡的幫我調查一下，以春城為中心，附近有沒有發生過關於櫃子的離奇事件。找到可疑的事情，立刻通知我。」

「好的，神明大人。」

「行，開門讓我出去吧。」

夜諾轉過身，身後，那一扇紅色的小門，即將敞開。

伏羲水鏡突然問了一句：「神明大人，您第一次評價的分數，無法用數值來衡量。請問您需要多少分？」

夜諾愣了愣。確實，以體質和能量屬性為主要判別條件的第一門考試，慕婉的天能體都能得到九十三分的高分，更不用說，他這個神明體了。

如果非要用一百分的滿分分數來衡量，大概他能溢價到衝破雲霄。這個評判標準，對他沒有絲毫意義。

「就隨便填一個吧，只要能確保拿到名額就行。各項數據都弄得天衣無縫點。」夜諾隨口道。

門開了，他一步步走了出去。

他萬萬沒想到，自己隨口的一個吩咐，已經讓春城考場，甚至於所有的唐國考場，都炸開了鍋。

夜諾在小紅門中足足待了十五分鐘，當門緩緩敞開的那一刻，無數目光聚集過來。黃毛也不例外，他呼了一口氣：「這傢伙總算出來了。」

「是啊。」千柔感覺自己被刷新了三觀：「一個F5，居然在小紅屋裡待了十五分鐘。釘子，你說他有沒有可能刷掉任天的九十四分？」

丁樂思索了片刻：「不太可能。剛剛我透過管道，稍微調查了任天的底細。他是任家聖女的親弟弟，從小就天賦極高，不輸姊姊。要不是姊姊是聖女，說不定還能壓姊姊一頭。但任家一直藏著他，不知道想搞什麼大事。

那任天的九十四分，應該有九十四分來自實力和天賦。他現在才十六歲，可是除穢師等級，已經堪比A級。說不定三十歲前，就能升到S級。那個夜諾，雖然在小紅屋中待得夠久，可他底子太差，不可能高得過任天，可能連費衛都比他高……」

突然，丁樂聽到附近一陣譁然吵鬧的聲音，他不由得一愣：「怎麼了，怎麼周圍那麼吵。」

「臥槽，釘子，你看螢幕。臥槽，臥槽。」黃毛一連串的臥槽，這傢伙沒文化，驚訝只會說臥槽，極度驚訝是臥槽乘二。驚訝到不能形容，就是三個臥槽連發。

丁樂抬頭，頓時流露出難以置信的精采神色。他目瞪口呆的，周圍的人也目瞪口呆。不光是他們，一百多個考場的數萬人，都在目瞪口呆。

因為螢幕上，出現了一行極為不科學，完全不可能的，分數。

海城考場，費衛有點憤憤不平。他被慕婉刷下去，成了第二位不說，沒想到，那個藏得極深的任天小公子也來參加考試。這一考不得了，居然以九十四分的成績，直接將他拉到第三位。

「任天，這傢伙怎麼老是跟我過不去。」費衛氣惱得很。就在這時，他忽然覺得自己是不是眼花了。本來第三名的他，似乎變成了第四名。

費衛用力揉了揉眼，沒錯，他沒看錯。自己確實變成了第四位，而原本盤踞在第一位的任天，居然變成了第二位。

「哪裡又出了個妖孽，春城？可沒聽說過春城附近有怪物級的天才啊。」費衛百思不得其解：「叫做夜諾，奇怪的名字。十大家族裡沒有夜家啊，這夜諾，會不會是哪個家族子弟的化名，專門來搶那個東西的？切，我倒要看看，他到底得了多少分！」

一看分數，費衛懵了，他看到了一個極為不可思議的分數，一個絕對不可能得到的分數。

京城，任天看起來平靜無波，但實則得意洋洋。沉穩帥氣的他雖然歷經家族培訓，長年榮辱不驚。但畢竟只是個十六歲的少年，爭強好勝的心，哪個少年沒有。

雄霸榜單第一，刷下席紹佔據了十多年的分數後，任天一直都很興奮。他身旁的隊員也興致勃勃，討論著考試結束後，去哪裡慶祝。

彷彿這次的奪榜計畫，已經手到擒來。那個特殊的除穢器，他們任家拿定了。

「任少，您一出手，果然是橫掃千軍呢，其他考生根本就不是您的對手。」其中一名面容姣好的女隊員恭維道。

任天淡淡說：「我們的天賦本錢，是祖宗賜予的，本就比他們的台階高。不過，塵世臥虎藏龍也需要萬分小心。畢竟後邊還有兩門考試，得意容易翻船。」

「哇，任少好帥，果然實力越強的人越謙虛。」身旁眾多女隊員紛紛發出花痴的尖叫。

其中一個幕僚模樣的男隊員道：「任少，您是在擔心那個叫做慕婉的女子？」

任天點頭：「不錯，她的來歷，直到剛才都還沒有查出來。她彷彿突然從人間竄出來的，不得不防。」

人最怕不了解的事物。慕婉實在是太神秘了，彷彿籠罩著一層謎。

就在這時，另一名隊員突然驚叫一聲：「任少，您看。您、您被刷下來了。」

「什麼！不可能！」任天心臟猛地一跳，朝螢幕看去。

只見他果然已經變成了第二位，而第一位的成績，史無前例絕無僅有。

一百分。

奶奶的，夜諾，夜諾是誰？哪裡放出來的妖孽！

從小就是天之驕子的任天，渾身湧上了一股寒意。

春城考場，全場六百多人，全都呆滯了許久許久，直到夜諾平淡的走到慕婉身旁。丁樂的目光呆板的從螢幕上，移到他身上，喃喃道：「一百分，我沒有看錯吧。居然是一百分。這分數，特麼是怎麼組成的啊？」

觀察室內，考官們早在夜諾出了小紅門後，就鬧開了鍋。夜諾一百分的成績，就連季筱彤都很意外。但意外之後，卻是驕傲。

她清冷的性子，倒因為夜諾得了滿分而自豪激動。

「怎麼可能有人得一百分。」絡腮鬍瞪大了眼睛，滿臉不可思議。

第一場考試的標準，龍組沿用了幾千年。而伏羲水鏡的檢測功能精準無比，絕對不會出錯。

「快，把那個叫做夜諾的數據拿給我。」主考官手在發抖，他努力維持沉穩的表情，但是聲音卻很急。

份。

工作人員連忙將數據印出來，恭恭敬敬的遞給他。同樣的數據，每位考官都有一份。

「夜諾的真實實力，果然是F5，能量指數得分十三分，這個還正常。但是質量分很高，居然高達六十分。怪，太怪了。」眾多評委嘖嘖稱奇，難以置信。

在伏羲水鏡的評價標準裡，能量指數嚴格按照龍組制定的等級表評分，具體公式是能量值除以年齡。這一項得分，十三分還算中規中矩。

而質量分，如果是普通除穢師的話，通常不會超過五分。考官們覺得自己簡直是日了狗了，也不怪他們，誰都只看到了夜諾的等級低，卻沒想到他的能量等級高到不可思議。

是啊。沒人想得到，夜諾的存在本身就是超乎尋常的奇葩，不能用普通的標準來衡量。這還是伏羲水鏡壓低了數倍的結果。

「這高達六十分的能量質量，到底是怎麼回事？」主考官很無語。要知道剛剛刷榜的任天，高達九十四分的分數中，質量分也才二十三分而已。而任天的屬性很獨特，所以造成了能量質量極高，力壓群雄。

可夜諾，隨隨便便就得了六十分，簡直匪夷所思。

要說就這樣，夜諾得了個七十三分就夠了。沒想到他的能量屬性，居然剛剛好得了二十七分。

「二十七分的能量屬性，又是什麼屬性？」主考官接著看下去，不由得皺了皺眉頭：「神秘體？格老子，神秘體又是個什麼鬼！」

今天到底怎麼了。春城不光出了個天能體的慕婉，又冒出了個從來沒有聽說過的神秘體。

考官公祖揉了揉額頭，他本就善於分析，很快就看出了端倪：「主考官大人，夜諾的神秘體，乍看之下分數並不算高，甚至也就比剛剛那個叫丁樂的天眼屬性高一些而已。所以夜諾能量質量高的原因，會不會就是神秘體的體質造成的？」

主考官思索了一下，點點頭：「極有可能。我回報總部時，讓他們在藏經閣好好查一查，神秘體到底是什麼樣的體質。好了，這件事告一段落，準備下一場考試吧。」

主考官說得輕巧，但夜諾的一百分早已在所有考場上，掀起滔天波瀾。今天，註定不會平凡，今天，夜諾的名字，註定會被狠狠的記載到龍組的歷史當中。

他第一場考試，不可思議的一百分，恐怕再也沒有人能夠打破。

伏羲水鏡遵照他的吩咐，既讓他過關，又將分數的分布情況布置得天衣無縫，不會讓人起疑。如果龍組的高層懷疑起夜諾來，那麼神秘體的體質，就能作為擋槍的藉口。

春城考場，休息了一個小時後，就在天黑之前，第二場考試開始了。仍舊是小紅門內，眾多考生一個個走進去，考理論基礎知識。

第一輪考試，刷掉了足足四百多人，第二場考試就只剩下兩百人。但第二場考試的速度慢了許多。

由於是考理論基礎，每次考試的時間限制是三十分鐘。一共一百題。相當於每分鐘要做完三題以上。錯一題，扣一分。

丁樂的考試在第一輪，走出來時喜氣洋洋的：「不錯，這次抽到的考題算得上中規中矩。」

「真的？」黃毛聽到這裡，頓時精神大振：「你考幾分？」

「八十一分。」丁樂略有些得意。

歷來龍組人才評定的理論基礎知識，試題出得都很奇葩，而且刁鑽的問題非常多。此外，筆試很有特色，並不是所有人一起考，也無須擔心洩題。因為每個人的題目都是隨機的，雖然每年都有人質疑不公平。

畢竟每個人的考題不同，就會涉及到難易度。例如，有人不努力學習，卻運氣好，抽到的考題全是自己會的，得了高分。而有人明明很努力的刷題庫，但到考試時，自己刷的題一題也沒考，最後分數不理想。

但幾千年來，龍組都沒有改過第二輪的考試。

因為組織認為，運氣，也佔實力很大的一部分。除穢許多時候並不是單純的抓著武器衝過去，幾個除穢術砸一砸，就能殺死穢物。

運氣不好的，或許人生第一個任務，就會遇到根本沒辦法除掉的穢物，反而自己被驅除了。這就是人生，自古除穢師，損耗率都極高。

所以運氣，很重要。

—05—
再次刷榜

這一次丁樂備考一年，考了八十一分已經相當不錯了。要知道三個月前獲得名額的十位考生，平均分不到七十五。

他算了算，自己現在的總成績是一百六十一分，暫時排在第七位。只要他第三場不出錯，肯定能排入十名之內。

「簡單就好。」黃毛拍了拍心口。

千柔白了他一眼：「白痴，你就別聽釘子瞎說了。人家釘子是出了名的學霸，他覺得簡單的東西，你恐怕一輩子都學不會。」

黃毛張大了嘴巴：「千妹兒，我哪有那麼笨。」

「你去年就是理論考沒過關，直接被刷掉了。」

「切。我那是運氣不好。今年我痛定思痛，嚼書本嚼了一整年，這次一定能及格。」黃毛撓撓頭，話說得篤定，但語氣卻沒什麼自信。

變化。

他偷偷瞅了瞅排行榜，本考場的榜單，因為加入了第二輪考試的成績，已經有了

慕婉的第二場考試全是瞎矇，她哪知道什麼暗物質啥的。不過當初也算得上是學霸一枚的少女，深深明白，不懂的東西，只要逢選擇題就選B，絕對沒問題。

沒想到這傢伙運氣爆棚，居然矇對了六十題，及格通過。總分一百五十三分，暫排第九位。對於這個成績，考官們幾乎看都沒有看。

其實無論慕婉後兩場考試的分數如何，單憑她天能體的屬性，就已經達到破格錄取的條件。

不久，黃毛也心情忐忑的走出來，一出門就大嗓門喊道：「奶奶的，釘子，你說什麼中規中矩。這次的考試難死了。」

「得了得了，姑奶奶我不是早就判了你死刑嗎？你運氣一向都不好。」千柔一看他就知道沒考好，撇撇嘴問：「考了多少分？」

「六十七分。」

「……」千柔啞然：「臥槽，你居然及格了。」

黃毛哈哈大笑：「誰叫哥子我這次的運氣屌炸天呢，好多都是我刷題刷到過的。」

接近晚上十點時，才輪到夜諾考試。

許多人的注意力，都跟隨著夜諾，看著他消失在紅門之後。

「釘子，你說那個夜諾，能考幾分？」黃毛問。

「這個就不清楚了，他這個人有點神秘，我也看不透。」丁樂思索了一陣子，沒有答案：「但應該能得個及格以上吧。要知道許多世家弟子來參考，也就考個八十多，九十左右。」

「會不會我們又再一次見證歷史？」千柔眼睛亮晶晶的。

夜諾的名字，高懸在榜首，熠熠生輝，想不注意都難。

「歷代理論基礎知識考試，最高分也就一百分了。」丁樂推測道：「海城的費衛和京城的任天，都考了滿分。不過他們兩個不能作為參考，作為龍組十大家族的重點子弟，他們的接觸範圍比我們高，有專門的老師教授他們刷題庫。何況，那兩人獲取知識的途徑，也不一般。」

人和人不一樣，智慧、家世、基因，造成了絕對的不平等。有人說某些人的起跑線，就是大多數人的終點。不不不，說這句話的人，想像力太貧乏了，他應該再大膽一點。

例如，費衛和任天，這兩個天之驕子的起跑線，作為自己家族中天才的丁樂，也是望塵莫及的，或許一輩子，也達不到那個高度。

費衛的總分一百八十八，任天一百九十四，分別排在總榜的第二位和第一位。而僅考了一百五十三分的慕婉，總榜上早沒有了蹤跡。

不過，沒有人忘得了她。要知道，人才評定中，第一項考試是最重要也是最關鍵的。其餘兩項，不過只是點綴。

「其實，哥子我有點崇拜夜諾。」黃毛撓撓頭：「你看他就算做了許多人一輩子都做不到的牛逼事時，還是一臉平靜，波瀾不驚的不在乎模樣，真是太值得人膜拜了。他就是我的偶像啊。」

「說不定我的偶像，在第二場考試時，又會再一次做出常人想不到的驚人之舉。」

黃毛難得的正經了一下，他是真的崇拜夜諾。

隨著他的目光，許多人都在盯著夜諾走進去的那扇門。就連考官，也不例外。甚至那些被刷掉的考生，也在默默期盼著，期望夜諾再一次創造歷史。

這個時代，只有奇蹟，才能撫慰他們被刷掉的痛。

但丁樂不以為然。總分就只有一百分而已，夜諾還能考超出一百分不成？

仍舊是走入小紅門，仍舊是面對伏羲水鏡。這一次不同，鏡子裡沒有倒映出人影，而是出現一行行的考試題目。

水鏡的表面，直接變成觸控螢幕，龍組對伏羲水鏡的利用還真是想像力豐富，這倒是杜絕了作弊的可能性。

「這些問題簡單是簡單，不過就是有一些奇葩。」夜諾稍微看了看：「不光要懂其然，還要知道所以然。」

鏡子上面的考題，看起來是常識，但用常理判斷，又有一些奇怪。例如第一道題，是道判斷題。

——八卦中，包含乾坤的穢物，對應的是哪一個？

A. 九族：師生

B. 七情：情志

C. 五音：宮商

D. 四書：五經

夜諾在博物館看的書多，根本不用思索，就明白出題的思路。八卦包含乾、坤、坎、艮、震、巽、離和兌，因此八卦包括乾坤，對應著金木水火土，五行穢物。「五音」是指宮、商、角、徵、羽，五音包含宮商，對應聲形穢物。

答案應該選C。

又例如第十五道，是常識題，但奇葩就奇葩在，除個穢也這麼的勾心鬥角。

——甲、乙、丙、丁四人同時接到一項任務，要去某城市除穢。甲說：乙去，我就肯定去；乙說：丙去我就不去；丙說：無論丁去不去，我都去；丁說：甲乙中至少有一個人去，我就去。

請問以下哪項推論可能是正確，他們要除穢的對象，屬哪種級別的穢物。

A. 乙、丙兩個人去了，需要祛除 F3 級穢物。

B. 甲一個人去了，需要祛除 B1 級穢物。

C. 甲、丙、丁三個人去了，需要祛除 F6 級穢物。

D. 四人都去了，需要祛除 A1 級穢物。

「臥槽，除穢如果數學和推理能力不好，估計也搞不成。」夜諾撇撇嘴：「正確答案，C。」

這個問題同樣顯而易見，只要稍微一推理，就能利用排除法，將不正確的排除。只有C，才是最符合邏輯的。

夜諾做題做得飛快，一百題他三兩下，六分鐘不到，就做了個精光。做完題，就在他準備出去時。伏羲水鏡猛地一閃，一行字出現了。

「您在六分鐘以內，以百分之百的正確率，觸發了附加題選項。請問，您是否挑戰附加題？」

夜諾愣了愣：「還有附加題？做。」

第二場考試本就是他最拿手的，況且多做一些題，就能多見識些知識。這些知識，可以用來準確的判斷，龍組的知識體系，究竟和博物館的藏書有什麼不同。

附加題開始。

所謂的附加題一共有二十題，可是難度提高了許多，完全超出了除穢師的常識。甚至有好幾題，都是夜諾在博物館中看過的。附加題的題庫，隱約有博物館管理員的影子。

如果是平時，夜諾打死都不會做這些題。因為這些題，不該是普通除穢師應該掌握的知識體系。可現在自己和伏羲水鏡搭上了線，這個在龍組中掌控了數據分析、任務系統和考試系統的內奸很強大，足夠幫夜諾掩飾他的身分。

夜諾暫時不用怕身分暴露。

他利用掌握的知識，推理、判斷、排除，又花了十多分鐘，才把題目全部做完。

做完的那瞬間，伏羲水鏡突然透出了一股強烈的光，緩緩照射在夜諾身上。一行字寫了出來：「神明大人，您要我尋找的，關於櫃子的詭異案件。我已經幫您查到了。」

「這麼快。」夜諾略有些吃驚。

關於博物館的第四個任務，他自己也利用網路搜查過，最終一無所獲。沒有辦法之下，才準備曲線救國，想混進龍組，利用龍組的訊息管道。

果然前輩管理員們，創建出龍組這樣的工具組織是有用的。一天不到，人家伏羲水鏡已經幫他查到了有用的資料。

「把資料寄給我。」夜諾在伏羲水鏡中，留下自己的郵箱地址。

伏羲水鏡寫道：「希望神明大人您，早日加入龍組。龍組有獨立的通訊工具，和凡間的不同。這樣我跟您的聯絡能更容易。利用人間的網路，很容易被有心人追蹤到。」

「我會安排的。」夜諾點頭。

伏羲水鏡的話很有道理，人間網路畢竟不在伏羲水鏡的掌控下。但如果他用的是龍組的聯絡系統，就不一樣了。這些都是伏羲水鏡的控制範圍，它可以完全不留痕跡。現在他實力還很弱，不想暴露身分，當然要小心一些。何況，博物館的好幾本手札中都提過，要小心龍組。龍組的水到底有多深，夜諾不清楚。

越是不明的情況，越要小心翼翼。否則一不注意，就容易陰溝裡翻船。

夜諾走了出去。

自從夜諾進門後，就有許多人緊張的圍觀。第一場考試被刷下去了四百多人，第二場考試又刷掉一百人左右。兩場考試後，只剩下了九十人而已。

被刷下去的人並沒有離開，而是來到了考場外的大廳。那裡有螢幕可以看到考場內的情況。

由於上一場考試夜諾考了滿分，所以考場中的攝影機，有意無意的一直都對準他考試進入的紅門。

「我偶像進去十幾分鐘了，不知道他考得怎麼樣。」黃毛緊張的說。

千柔瞥了他一眼：「你還真是白痴，那個夜諾才F5，你一個D6，比他高了一個等級還多的人，居然崇拜一個比你弱小的。」

「人家F5怎麼了，他一樣考了一百分。你怎麼考不到。」黃毛不樂意了。

丁樂道：「好了好了，你們倆每天耍嘴皮子，乾脆結婚算了。」

「滾犢子，我才不喜歡這白痴。」千柔臉有些發紅。

黃毛撓撓頭，根本就沒聽進去這句話，一心還在擔心自己的偶像。

過了一會兒，丁樂說：「情況有些不妙，夜諾的分數，可能高不到哪去。」

「怎麼說？」黃毛愣了愣：「怎麼我偶像分數就不行了。」

「你想想，第二輪考試，龍組應該是有一定的算法，並不是真的隨機。很多時候，都是依照第一門考試的分數對應難度。夜諾考了一百分，難度本就不小。此外，他考試花的時間，太長了。」丁樂說道。

「但是我也花了接近二十分鐘啊。」黃毛道。

「所以說你這次過關，是運氣好啊。」丁樂捂住額頭，跟這白痴解釋，很費腦子：「我做題，用了十五分鐘，這算正常。人家真正的天才，考試的速度是很快的。題目一掃，就有選擇了。例如那個費衛，考一百分，只用了十一分鐘。而任天更牛逼，九分鐘不到就做完一百題了。

但夜諾已經進去了十八分鐘，肯定是遇到了難題解不出來，所以在猶豫答案。」丁樂的分析有板有眼，聽得千柔直點頭：「哎，毛頭，估計你的偶像，創造不出奇蹟了。」

黃毛氣惱的哼了一聲，不再說話，只是把單眼皮撐得大大的，一眨不眨的看著紅門，彷彿想要把紅門看破，直接看到裡邊的夜諾。

二十分鐘後，夜諾還沒有出來，他等得都要絕望了。難不成真的和丁樂猜的一樣，自己的偶像被考題難住了？

竊竊私語瀰漫在許多看夜諾考試的人中，大家都有同丁樂一樣的結論，他們有人考了許多年，哪裡不清楚考試時間長代表什麼？考題會就是會，不會就瞎矇。猶豫不決也想不出正確答案來，這個夜諾到底在搞什麼，他做個題也太優柔寡斷了點。

甚至有人惡意的猜測，夜諾是不是一題也不會，直接不及格被淘汰。要真這樣，他這個明星隕落的速度，也太快了點。

這算不算又見證了一次奇蹟？

在眾目睽睽中，二十一分鐘後，小紅門終於開了。夜諾面無表情的走出來，似乎在想什麼心事。

「你看，你偶像看來是真的沒考好。心情不太好咧。」千柔推了推黃毛。

黃毛鬱悶的抬頭，不死心：「我先看看偶像的成績。」

一看之下，他呆了，愣了，摸著千柔的小臉，用力掐了下去。

千柔尖叫一聲：「痛，你瘋了啊，掐我幹什麼？」

「我，我就是想看看，我是不是在作夢。」黃毛的聲音，激動的在止不住的發抖。

「白痴，你想知道自己是不是作夢，掐自己不行啊。」千柔火大的恕要掐回去，但卻發現，整個考場都鴉雀無聲，剛剛的竊竊私語不見了。偌大的空間裡，安靜得要命。

什麼情況？

她發現就連身旁的丁樂，也石化了似的，張大嘴巴一動不動，順著丁樂和黃毛的視線，她的眼神轉到了不遠處的螢幕上。

一看到螢幕的瞬間，她彷彿被雷擊中似的，也徹底石化了。

海城，費衛看著自己的總分數，一百八十七分。他有點沮喪，這個分數，暫時拍在總排行榜的第二位。第一位的任天那豆大的名字，沉甸甸的壓在自己身上。任天的分數高達一百九十四分，比他的分數高了七分。

如果第三場考試不出意外的話，大局已定。現在離考試結束只剩下了三十幾分鐘。那個如同彗星一般崛起的叫做夜諾的傢伙，並沒有出現。

「哼，那個夜諾之前考了一百分，會不會只是出錯了呢，怎麼可能有人類真的取得一百分。」費衛撇撇嘴，心裡沒再想夜諾的事。他心裡，夜諾或許早就因為第二場考試失誤，被徹底刷下去，無緣和他爭搶第一。

現在他的敵人，只有京城的任天而已。

他思忖著，該怎麼在第三場考試取得最高分。

突然，一直都沒有動彈的主榜單，猛地變化了一下。刷新後，他的第二位變成了第三。而第一位的名字，猶如閃爍的星辰高掛，亮瞎了費衛的眼睛。

「怎麼可能。」等費衛看清楚總分時，一股冰冷的涼意襲來，他幾乎要歇斯底里的瘋了。

這個分數，怎麼想怎麼不合理。那個人，到底是怎麼做到的，難道伏羲水鏡出問題了嗎？

京城，任天也在看著自己的分數。暫排第一，這令他很滿意。而第三場考試，他並不在意，因為怎麼想，自己肯定都能拿滿分。

「任少，您這次的第一名，拿定了。」隊員們紛紛恭喜。

以任天十六歲，就高達 A1 級的實力，無論怎麼算，第三場考試都輕鬆得很　這個考場，哪裡有人是他的一招之敵？

「不要大意，那個夜諾的成績還沒有出來。」任天冷靜的說。

一旁的女隊員花痴的喊道：「少爺，夜諾不足為懼。我剛剛查過了，他在春城考場，已經考超過二十分鐘了都還沒有出來。想來是連及格都難。」

「他考了二十分鐘？」任天皺了皺眉頭。

「真的假不了。」女隊員道。

「哈哈，這可真是……」話音未落，他就發現周圍所有人的視線，都停留在總榜上。

在第二場考試要結束的半個小時前，一百多個考場，無數的人都看到了這足以記載進歷史的一幕。

任天從第一名被刷下，取而代之的又是那個如同星辰的名字——夜諾。

這個神秘的從來就沒有出現在世人面前的名字，閃亮又奪目，帶著不容忽視的霸氣，註定要打破他們的常識。

「夜諾，兩百二十分，第一名……」任天好半天後，才喃喃的唸出總榜上的字。兩百二十分比他高出了二十六分，這實在是太離譜了。一股無力感，從任天身上深處瀰漫出來。差距二十六分，這是天與地的差別，難以彌補。從小就是天之驕子的他，第一次這麼的沮喪，這麼的挫敗。

「不對啊，第二場考試，總分才一百分，怎麼那個夜諾考了一百二十分。該不會是系統有問題吧？我們去抗議，要求龍組好好調查。」任天身旁的女隊員憤然的大叫道。

但任天旁邊另一個幕僚模樣的隊員卻異常冷靜：「伏羲水鏡不可能出錯，它可是神級除穢器，而且還有百台最先進的量子電腦輔助。夜諾的一百二十分，肯定有原因。」

「附加題！」

「附加題正好是二十分。」任天脫口道。他感覺身體很軟，找了一張凳子坐下，輕聲說：「任家有記載，我的師父也說過。只要在六分鐘內，以百分之百的正確率做完一百道考題，就能觸發附加題。但這麼多年來，從來就沒有人觸發過。」

「這就是為什麼所有世家子弟都在第二場考試拚速度。哪怕附加題很難，但哪怕只做對一道，都能和其他競爭對手拉開距離。」任天長長的嘆了口氣。

從小就天分極高的他，奈何遇到了個妖孽。這傢伙，自己怎麼贏得了？

「難不成那個夜諾，六分鐘內做完了考題，之後還做完了附加題，而且全部正確。這個夜諾，到底是什麼人！」隊員們紛紛驚訝的脫口而出。

被夜諾兩百二十分的離譜高分震撼到的無數人，好久才從震驚中清醒過來，一百多個考場炸開了鍋。如果說夜諾前一門考試考了一百分，有特殊原因。但沒想到他的知識面也那麼廣。這到底是怎樣的妖怪人物啊！

春城考場，無論是參考者還是考官，全都要瘋了。

主考官拿著夜諾考過的考題看了又看，但所有的疑點都被伏羲水鏡遮掩了。他拿到的考題難度適中，夜諾回答得毫不拖泥帶水，每個答案都精準無比。

「這個夜諾，到底是哪個世家的。十大世家，沒有姓夜的啊。」主考官深深的皺著眉頭。他在春城考場當了幾十年的主考官，第一次遇到有人能考一百二十分的。

竟然連附加題都能答對。

季筱彤倒是不意外，說實話，自從遇到夜諾開始，她就習慣被夜諾震撼了。震撼的次數太多，誰都會麻木。

但對夜諾的成績，冰冷絕美的少女，仍舊驕傲無比。你看，這就是自己看中的男人，雖然他現在還很弱小，可他太霸氣了。連考個試，都能考出別人根本做不到的氣勢來。

「第二場考試結束，明天上午十點半，會進行第三場考試。」絡腮鬍轉了轉眼珠子，湊到公祖身旁：「公主，要不咱們去探探那個夜諾的口風。他的知識面那麼廣，又是啥神秘體，就連女伴甚至都是不得了的天能體。哎媽呀，今後肯定不得了。」

「再次警告你，別再叫我公主，我會生氣的。」文質彬彬的公祖惱道：「你想要去交好夜諾？」

「當然，他應該不是什麼世家子弟，看氣質就不像。」絡腮鬍說：「幫我家裡的老年人籠絡些人才，倒是極好的。」

公祖冷哼一聲：「你也不看看你的長相，小心嚇到人家小夥子。」

「奶奶的，我怎麼就嚇到他了。」絡腮鬍罵罵咧咧。

考完第二場考試後，夜諾看了看錶，已經快晚上十一點了。龍組的人才評定也真有意思，從早上一直考到晚上。

不過他所獲也不小，至少借助伏羲水鏡的力量，他得到了第四個任務的線索，不用再一頭摸瞎了。

「小婉，咱們走，先回家去。」夜諾衝著黏在自己身旁的慕婉說。

慕婉眼睛發光：「回哪個家，你家還是我家？嘻嘻。」

「回我家。」夜諾道。

他只是單純的想回自己的簡陋租屋，用電腦查看一下伏羲水鏡發給自己的郵件。他剛剛試過，郵件加密了，用手機開不了。

創造了龍組人才評定高分歷史的夜諾渾然不覺得周圍的人都在用炙熱的眼光注視著他，許多人都想要過來和他湊近乎。就連黃毛、千柔和丁樂也不例外。

但夜諾走得很急，帶著慕婉就來到了考場門外。

不過他快，考官們更快。一眾考官都帶著各自的小心思，早就在出口等著夜諾了。主考官想要和慕婉溝通一下，問問她要不要免試直接加入龍組。他得到了龍組高層授權，只要慕婉點頭，光靠天能體的體質，慕婉有資格直接進入龍組的體制內。

而夜諾，同樣是他招攬的對象。因為夜諾的表現實在是太搶眼，霸氣側漏的一貫滿分，甚至連高層都驚動了。

而其他考官，同樣都有結交夜諾，為自己背後的家族拉攏人才的想法。

「夜諾小兄弟，自我介紹一下，我是龍組獨孤家的……」一看到人，絡腮鬍就一個竄步走上前，腆著臉笑得能嚇壞小孩。

「沒空。」夜諾滿腦子都是任務的事，揮揮手，像是在打發叫花子般，讓絡腮鬍走開。

絡腮鬍的笑尷尬的留在臉上，想要和夜諾握手的手停在空中。

公祖看夜諾挺急的，很有眼力的沒有去打擾他。只是暗自嘲笑絡腮鬍白痴。

主考官擠了過去，對著慕婉大聲嚷嚷：「慕婉小妹妹，我是春城人才評定考試的主考官，我有一件喜事想要通知你，你可以不用考試就通過評定，直接加入龍組。」

本以為慕婉會欣喜若狂。

可慕婉卻從夜諾胳膊下探出頭，對著主考官做了個鬼臉：「阿諾有事情要辦，你有什麼問題，明天再問我啊。」

主考官有點懵，這什麼情況？這明明是讓人夢寐以求的事，慕婉居然表現得毫不在乎。難道是因為周圍太嘈雜了，沒聽清楚？

「慕婉小妹妹，你可以不用考試就能直接加入龍組了。」主考官用更大的音量，再次重複了一遍。

「知道了知道了，煩死了，那麼大聲音，你準備罵街啊。」慕婉瞪了他一眼，嫌棄的用小手指轉著耳洞，跟著夜諾揚長而去。

剩下一眾考官面面相覷，大眼瞪小眼。奶奶的，果然是，不是一家人不進一家門，這兩個傢伙的性格怎麼那麼難搞。他們都不在乎評定賽，幹嘛來參加考試？

絡腮鬍是個死心眼，雖然剛剛吃了個閉門羹，現在仍舊不死心的想要跟上去繼續和夜諾湊近乎。

突然，他感到背後有些冷。

一轉頭，只見冰聖女季筱彤不知什麼時候出來了。這個絕麗的冰美人眼神一直都沒有離開過夜諾的背影。她身上不自主的散發出大量的冷意，美人腳步悠悠，緩緩的越過眾人，朝前走去。

公祖偷偷扯了扯絡腮鬍，讓他讓路。

「快離遠一點，你想死啊。」公祖罵道。

「什麼意思？」絡腮鬍愣了愣。

「那個夜諾，絕對和冰聖女有什麼關係。你看所有想要跟蹤夜諾的考官，都被冰聖女用除穢力籠罩了，只要跟上去，肯定會被她攻擊。」公祖道。

絡腮鬍頓時流了一頭的冷汗。冰聖女準A級的實力，強大無比。哪怕主考官是準S級，但就水準和天賦而言，都差季筱彤太遠了。

哪怕冰聖女想要殺光所有考官，也不過是彈指間的事。這就是聖女可怕的地方。明明是同樣的實力，聖女由於神的庇佑，就是壓你不止一頭。

季筱彤一言不發，但眾多考官在她冰冷的寒意中一動也不敢動。少女穿著白裙子，裙襬飄飄，不快不慢的向夜諾和慕婉走去。

當走得遠了，眾考官們這才長長鬆了口氣。

所有人都彷彿從汗水裡被撈出來似的，心底還在恐懼。冰聖女的氣勢太可怕了，光是被鎖定，他們就彷彿喪失了反抗能力。

他們跟她的實力，完全不是同個等級的。

「奶奶的，那個夜諾和慕婉，果然和季家有關係。你看冰聖女，竟然上了夜諾的車。」其中一名考官驚訝道。

確實季筱彤跟著夜諾，上了夜諾的車後，三個人開車離開了。這也斷了許多考官的小九九。既然夜諾是季家的，許多地方就解釋得通了。

難怪沒有人聽說過夜諾和慕婉的名字，看來都是季家不知道從哪裡網羅的人才，珍藏到現在，為的就是搶奪人才評定刷榜後的那個寶貝。

唉，季家，運氣咋就那麼好咧。

06

櫃子的秘密

車疾馳在春城的午夜，夜微涼。

夜諾開著車，慕婉坐在副駕上，小小的身體像是哈士奇一樣，把小腦袋探出窗外。嘴大大的張開著，哇哇哇的叫個不停。

季筱彤坐在後排，沒說話，此刻的她文靜得就彷彿鄰家的青梅竹馬，哪裡看得出來她一碰就死的人設。

「你在幹嘛，好吵。」夜諾皺了皺眉頭，對慕婉說。

慕婉伸出手，任風吹過手掌和手指縫隙：「我前天看了一篇新聞，說只要車速夠快，把手伸出窗外，風就會給你一種捏到胸口的感覺。嗯，還真有。」

季筱彤冷不丁的毒舌：「你又沒胸，用什麼，對比。」

慕婉氣惱道：「你怎麼知道我沒胸。」

「用眼睛，看的。」

「……」慕婉低頭一瞅，更鬱悶了。自己現在確實沒兇器，當初的大兇器，已經隨著金沙大王偷走的身體，不知道跑去了哪兒。

可這話，她又不能說出口。

「季筱彤，你要去哪裡，我送你。」夜諾這個鋼鐵直男，夾在兩位美女中間完全不懂風情。他張口就問冰聖女。

季筱彤猶豫了一下。這個女孩心裡其實想說，你去哪兒，我就去哪兒。但臨到要說出口，話卻變了。

「金豪酒店，我暫住，那兒。」只要是女生，就有口是心非的時候。季筱彤很清楚自己和夜諾的關係，還沒有好得可以跟人家回家。

「好，這地方順路。」夜諾樂呵呵的點點頭。

到了金豪酒店，把季筱彤放下後，他開著車絕塵而去，一秒都沒有多留的意思。

慕婉看著久久站在酒店門口的冰聖女，揉了揉太陽穴。

「阿夜，你的直男性格真的是，嘖嘖。」明眼人都看得出季筱彤對夜諾有意思，偏偏夜諾沒看出來。慕婉笑嘻嘻的笑得猶如晚花盛開。

「我的性格怎麼了？」夜諾沒自覺的疑惑道。

「沒，我就喜歡你這性格。」慕婉的雙眼晶亮晶亮。她倒是想季筱彤知難而退，這樣她就又能獨霸夜諾了。

可那女孩，顯然不是個會知難而退的人。頭痛咧，你看你看，到現在車都要拐彎了，那女生還站在酒店門口看他們的車尾巴。

慕婉都替季筱彤難過了。

接近凌晨十二點時，夜諾才回到了自己破舊的租屋。慕婉現在的身體構造，真實年齡才不到十歲，由於夜諾構造得很真實，九歲小屁孩該有的反應，慕婉一個都不少。前一秒還說不睏，後一秒就咬著手指睡著了。聽著她輕輕的鼻息聲，夜諾為慕婉蓋好被子。

然後坐到了電腦前。

打開電腦，裡邊果然有一份新的郵件。

這份文件用好幾種隱秘的加密方式加密過，而且投遞路徑進行了十多次偽裝。伏羲水鏡的智能，恐怕早就超出了龍組的控制範圍，而且隱藏得很深。

這個遺物潛伏在龍組中，只有檢測到暗物博物館管理員的身分，才會啟動智能程序，和當代管理員接觸。要說這不是前輩管理員的伏筆，那才有鬼了。

博物館每一任管理員都是天才，不是天才的，早在第零號任務中被淘汰掉了。說實話，夜諾對埋伏下伏羲水鏡的前輩，稍微有些佩服。

根據伏義水鏡之前告訴他的解密暗碼，夜諾順利的將郵件的附件解開。裡邊只有一個文檔，點開文檔後，內部是一系列的資料。

夜諾數了數，資料按照編號，一共有三組。每一組，都代表龍組發布的任務被接下後，除穢師們的手機回傳回來的紀錄。

第一組，任務編號980003。接任務的是三名除穢師，持有F3級別的除穢師執照。任務的目標，是去石市，接受一位女大學生的委託。

女大學生叫做蔡曼，她透過朋友介紹，在龍組的任務App上發布委託。根據她的描述，最近她因為考試的緣故，不希望住的地方太吵，打擾到念書。所以在學校附近找了一間租屋，搬了進去。

但沒過幾天，就恐懼的發現，每天晚上，總有人和她搶被子。但自己的出租屋裡，明明是她一人獨居。她害怕極了，剛開始因為租金交了半年，立刻搬走覺得划不來。蔡曼咬著牙硬著頭皮又住了一段時間。

糟糕的是，女孩越發感覺到屋子裡似乎有一股詛咒。

那詛咒已經沾上了她。

哪怕最後蔡曼搬走了，一到晚上，仍舊有什麼，在搶她的被子，到床上和她一起睡覺。蔡曼快瘋了，但求神拜佛根本沒有用。於是她拿出所有的積蓄——兩萬塊，想求助龍組解決這件事。

由於懸賞的價格不高，所以接任務的三位除穢師都是低級除穢師。這三人分別叫做方瑞、嚴意遠與田芳。三人由於都在石市附近，所以在接到任務後的第二天，就聯絡了蔡曼……

石市，以依靠著石頭山而聞名。

依山傍水的石市，自古以來最出名的，就是石頭山上挖出來的花崗岩石材。這座小城很古老，但現在已經成為典型的資源枯竭城市，許多年輕人因為找不到工作，紛紛從石市出走，到附近發達的城市打工。

石市的總人口，也從十年前的五十多萬，變成了現在的十萬人不到。省政府為了解決石市的人口問題，特意在石市規劃了一座大學城。奈何石市人氣太低，整個大學城只有一所大學願意搬過來，還是一所不入流的師範大學。

烈日高照，方瑞、嚴意遠和田芳站在石市師範大學的門口。方瑞探頭探腦的東張西望，笑得合不攏嘴：「老嚴，你說咱們這次的委託人，是不是美女。都說師範出美女啊。」

「看照片，人挺端莊的。」嚴意遠嘿嘿笑了兩聲。

田芳一臉鄙視：「我就知道，你們倆來完成任務是假，泡妞才是真的。」

「切，田芳，就別裝正人君子了。你都快三十了，難道不想找個師範的小女朋友？」方瑞撇撇嘴，眼睛突然大放光芒：「你看你看，那個妹子絕對有七十分，臥槽，人心不古啊。長腿妹子果然都喜歡豪車。改天我多完成幾單任務，狠狠撈一筆，也買一輛豪車去大學門口釣學生妹。」

「得了，你也不看看自己的長相。人家學生妹不光看豪車，也要看臉。」嚴意遠調侃道。

方瑞哼哼幾聲：「我看那開豪車的，長得跟豬頭似的，長腿妹子也沒看他的臉啊。」

三人打屁時，一個弱弱的軟妹子聲音傳了過來：「那個，那個，請問你們是龍組App介紹過來的人嗎？」

這三隻狼低頭，頓時看到了一名長相清秀乾淨的女孩，皮膚白皙，鵝蛋臉。方瑞哈喇子都快流了出來，臥槽，撿到寶了。

「我就是在App上發布任務的蔡曼。」女孩大約二十一歲，大三生。原本漂漂亮亮的蔡曼憔悴得很，大眼睛下的眼袋又黑又深，顯然許久都沒有睡過好覺了。

方瑞用力點頭：「我們就是這次接你任務的除穢師。嘿嘿，小妹妹，你身上的穢氣有點重啊。」

「穢氣？」蔡曼雖然不明白穢氣是什麼，但顯然這個詞不是褒義詞。

「穢氣，是世間髒東西沾染到人類身上後，留下的氣息。非常邪惡。」方瑞說著，朝嚴意遠眨眨眼。

嚴意遠立刻會意，從口袋裡掏出一張濕紙巾，在蔡曼的額頭上擦了擦。

「幹嘛？」蔡曼不明所以。

「你自己看。」嚴意遠神神秘秘的將那張濕紙巾展示給她看，女孩頓時驚訝得叫了起來。

只見剛剛還潔白無比的濕紙巾，擦拭了自己的眉心後，變得污穢不堪。自己來的時候明明洗過臉，臉怎麼會這麼骯髒？

「不是你的臉髒了，是你眉心的穢氣，被我擦掉了。」嚴意遠得意道。

「真的，我果然被詛咒了。」蔡曼驚呼道。

「可不是。」方瑞拍了拍女孩的肩膀：「帶我們去你屋裡看看。」

「去家裡你們就能找到詛咒我的東西？」女孩問。

方瑞拍拍胸口：「放心，我們就是吃這口飯的。」

「對了，你有沒有朋友和你一樣漂亮的，順便也介紹一個給我哈。我現在還單身咧。」嚴意遠插嘴道。

田芳捂住額頭，這兩個二貨，真後悔認識他們。作為三人中最理智的，田芳看著蔡曼的背影，總覺得這女孩的身影，似乎有什麼不對勁。

以三人F3級的實力，說實話，施展開關術都很艱難，除穢術也只會些三腳貓的。騙騙外行的還行，遇到真正的穢物，那就要拚命逃了。

但隨即田芳用力搖了搖頭，雖然他隱約覺得蔡曼身上似乎真有些什麼不太好的感覺，可龍組對這次任務的分級，不過是雞1級而已，應該沒啥大問題才對。

想到這，田芳又安心了些。

蔡曼帶著三人去了她暫住的房子，從前租的那套房，房租她都沒退就逃也似的搬走了，沒敢再回去。現在她只能到好友租的屋子住。前天好友跟著導師去跑項目，一個禮拜都不會回來，蔡曼又要獨自一人住。

她這段時間被折騰得，是真的快要心力衰竭了。

「我就住這裡。」蔡曼打開了門。

這間朋友的屋子，兩房兩廳，大約六十平方公尺。石市人口流失得厲害，所以租金不貴，也就大學城旁邊的屋子比較有價。

方瑞探頭探腦的在屋子裡打量了一番。房間裝修一般，但是打理得很溫馨。到處都是粉紅色，到處都是少女心。

他樂呵呵的走進去，裝模作樣的掏出一大把符咒，這裡貼一貼，那裡貼一貼。中午的陽光還很烈，照在客廳，讓人暖洋洋的。嚴意遠和田芳坐到沙發上，詢問蔡曼具體情況。

也許是屋子中多了三個人，而且這三個人看起來有板有眼的，蔡曼安心了許多。

「你說你遇到了詭異的情況，具體有哪些呢？」田芳細心的掏出本子做記錄。

蔡曼回憶了一下：「最開始，是一個多禮拜前。我剛搬了新房的第二天，就有怪事發生。我這個人睡覺不老實，哪怕睡著了，腿也會亂翹。可那個午夜，我突然覺得不對勁。

「我租屋裡的床，是單人床，靠著牆。一般我蹺腳時，都會蹺到牆壁上。可那晚，我感覺到自己的腳下，多出了一個冰冷柔軟的物體。那觸感令我猛地清醒過來。

「醒來後我能很清晰的察覺到，自己的背後，自己的床上，還有別人。那個人沒有發出任何聲音，也沒有呼吸，它彷彿一具屍體似的，就那麼躺在我身旁。而我的腳，蹺在了它的身上。

「可沒過多久，那種感覺就消失了。身旁躺著的人，陡然不見了，我原本蹺著的腳，也落回了床上。

「我趕緊跳起來，拉開電燈檢查。但門窗都好好的關著，根本就沒有被人入侵過的痕跡。一開始，我懷疑自己在作夢。可當我看到床單時，一股毛骨悚然的感覺頓時湧了起來。

「床單上，印著一個黑乎乎的影子。那人形的影子，就像一個人沾滿墨汁，在我的床上躺過似的。」

田芳記錄後，又問：「第二天、第三天，那個黑影有沒有再出現過？」

「有！」蔡曼用力點頭：「都出現了，只要我睡著，它就會出現在我身旁，和我一起睡覺。每次消失，都會留下漆黑如墨的痕跡。」

「怪了。」田芳皺了皺眉頭：「你有沒有看過那個東西的臉？」

「我不敢看。每次我從睡夢中驚醒，察覺到它躺在我身旁時，我都不敢動。我怕，怕得渾身發抖。哪還有勇氣看它的臉。」蔡曼搖頭。

「是夢魘。」方瑞斬釘截鐵的說，說得很肯定。

蔡曼愣愣的道：「夢魘是啥？」

「一種小穢物，它喜歡依附在女孩子住的地方，藏起來，一旦女孩子睡著，就會進入偷偷潛入她的夢裡。」方瑞說：「我想，你租房的上一個住戶不小心把夢魘帶了回來，之後被嚇跑，然後你又租了那間房子。夢魘就纏上了你。之後你搬到這裡，那個東西，是不是還在騷擾你？」

「對啊，對啊。」蔡曼一臉被說中了的表情：「只要我落單，那東西就會出來找我。確實，我搬走了，也沒擺脫它。我去了附近的寺廟求符咒，但完全沒有用。」

「這肯定是夢魘無疑了。」方瑞得意道。

就連嚴意遠也點頭：「不錯，看起來，應該就是夢魘喜歡幹的事。」

「你們能解決它？」蔡曼本來絕望無比，但看幾人說得信心滿滿，不由得升起了一絲希望。

「夢魘不難搞定，放心，就交給我們好了。事後記得介紹幾個美女給我哦。」嚴意遠嘿嘿笑著，笑得很猥瑣。

當天下午，蔡曼去買了些食物，準備親自下廚做晚飯招待三位高人。

她走後，田芳將方瑞和嚴意遠拉到客廳，聲音嚴肅：「你們兩個怎麼這麼容易就下了判斷，一點都不嚴謹。」

「田芳，你敢說蔡曼遇到的怪事，和夢魘這種穢物，沒有九成的相似度？」方瑞吊兒郎當的說。

田芳皺皺眉：「我總覺得，這屋子有點怪。」

「別想那麼多了，肯定是蔡曼將原本出租屋裡的夢魘帶過來了，夢魘的穢氣很低，所以讓你有種很縹緲的錯覺。」嚴意遠也說道。

「趕緊趁著今晚把夢魔給除穢了，明天去師範學校泡妞去。只要救了蔡曼，不光有錢拿，有任務積分攢，她還會感謝我們，可不使勁的給咱們介紹美女朋友。」

「你們純屬那啥上腦了。」田芳的除穢能類似天眼，但是天賦很弱，只能稍微探查到屋子裡那一股若有若無的氣息。

可就是那一丁點氣息，卻彷彿毒蛇的眼，在暗地裡狠毒的盯著他們。盯得田芳背後發涼。而蔡曼離開後，那道毒辣的視線，更加強烈了。

「先找找夢魔躲在哪。」方瑞掏出一張除穢符，他們三人自身實力太弱，還不能畫符。這張符可是花大價錢從龍組商城買來的。

平時方瑞捨不得用，現在為了泡妞，血本都拿了出來。

「天眼符。」方瑞將天眼符在雙眼上一擦，雙眸中同時一道白光閃過。他感覺世界猛地變得不同了，更清晰，更明亮，更加的骯髒。

「這屋子，好髒！」方瑞猛地打了個冷顫。

「很髒，什麼意思？」嚴意遠愣了愣。

「字面上的意思。」方瑞道：「你用天眼符看看就知道了。」

嚴意遠和田芳聞言，都掏出壓箱底的天眼符，在眼皮上擦了擦。田芳的視線接觸到屋內的瞬間，他只感覺一股刺骨深寒，席捲全身。

「這屋子，有點不對勁啊。怎麼會這麼骯髒。」嚴意遠驚訝道。只見目之所及，地板上、天花板上、沙發上、對面的冰箱上，都有無數的黑色手掌印。

那些手掌印，每一個，都是由穢氣形成的。

「怎麼回事！」田芳頭皮都要炸了：「夢魘可沒有手，怎麼會留下這麼多手掌印。那些黑乎乎的手掌印，到底是什麼留下的？」

「不知道啊。怪了，那穢物似乎只有手，它在用手走路？」方瑞眨巴著眼。

穢物的移動，只留下了手掌印。而且它行動的軌跡完全和人類活動的動靜線重合。廚房客廳痕跡很少，右邊臥室的門把手上，留下的最多。

而右邊的臥室，正是蔡曼的。

「那穢物，絕對不是夢魘。」田芳聲音都在發抖：「你們看，穢物留下痕跡的地方，幾乎是蔡曼走過的地方。也就意味著，那個穢物，根本就沒有躲起來。它就在蔡曼的身後，甚至一直都在她身上。蔡曼幹什麼，它就幹什麼。」

房間內的氣氛，變了，變得陰森無比。

三個低級除穢師，同時打了個冷顫。

「如果不是夢魘的話，那這怪物到底是什麼東西？」方瑞疑惑的問。

「不清楚啊，要不要上報給龍組？」嚴意遠反問。

「沒必要。」方瑞說：「蔡曼到現在都沒有生命危險，那就意味著，那穢物的實力也不強。說不定我們搞得定。」

田芳一個字也沒有說，他的視線一直追蹤著黑色手印的路線。接著他「咦」了一聲，彷彿發現了什麼，推開蔡曼的房門，走進去。

「你幹什麼？」方瑞奇怪的問。

「那個穢物，沒有跟著蔡曼離開。蔡曼出門後，它似乎返回了蔡曼的臥室。」田芳從懷裡抓出一道除穢符，緊緊握在手裡：「它還留在屋子中。」

「那還等什麼，我們去搞定它。」方瑞大喜。

「不，我們走。」田芳的視線集中在臥室內的一個單人衣櫃上，衣櫃門緊閉著，躲著陽光，平凡無奇。可不知為何，田芳的臉色陡然大變，他不斷催促著兩人趕緊走。

「幹啥啊。」方瑞和嚴意遠也從田芳的語氣中嗅出了不尋常的氣息。

田芳這個人很謹慎，他居然嚇成這模樣，有古怪。

兩人不情不願的被田芳拽著就要出門，但三人剛走到大門口，所有人臉色都變了。原本乾乾淨淨的大門上，不知何時，出現了一個黑色手印。

那手印印在門鎖上，彷彿想要阻攔他們離開。

「該死！」方瑞罵了一聲，一個箭步衝過去，想要打開門鎖。

就在這時，一個又一個黑色的手印，印在了門上，密密麻麻，彷彿一道道死亡的印記。碰到了門把手的方瑞慘號一聲，他的手竟然被黑色手印給拽住了，被拽的地方鮮血淋淋。就如同一雙無形的手，活活將他的肉扯下一整塊。

「好痛！」方瑞毛骨悚然。

「跳窗戶！」田芳果斷的吼了一聲。

但已經晚了，三人猛然間聽到了一陣「喀吱」聲。那聲音，是從蔡曼的房間傳來的。聲音很微弱，卻異常清晰的傳進了他們耳中。

那是，衣櫃門被打開的聲音……

田芳三人的位置，剛好能看到蔡曼房間的深處。他們眼睜睜的看著敞開的櫃子中，出現了一個他們難以理解，恐怖到無法形容的景象。

地獄，也不過如此而已。

突然從櫃子裡，一個黑色手印飛出，拽住三人，將他們拉入了櫃子裡。櫃子門合攏，三人只來得及發出一聲慘號。

屋子，再次陷入寂靜無聲中！

任務編號 980003 的方瑞、嚴意遠和田芳三人，至此不知所蹤。而委託方蔡曼，再也沒有辦法聯絡上。

接著，夜諾看向資料後邊的第二個任務，同樣是有三個F級除穢師接了任務，同樣是石市。任務說明是一個女孩的櫃子，每到午夜就會打開。櫃子裡總會傳出淒厲的哭泣聲，令人不寒而慄。

同樣，那三名除穢師有去無回，委託者再無音訊。

還有第三個任務，委託人是一家三口。出問題的是小孩子的房間。小孩今年只有八歲，他生日那天，請了許多同學來慶祝。但當晚生日派對結束後，卻有一名小學生失蹤了。

小朋友的生日會，基本上都有自家大人盯著。可就在那小學生父母的眼皮子底下，孩子失蹤了，報警後調了附近的監視器，將屋子內外全搜了一遍，仍舊一無所獲。那名小學生彷彿人間蒸發了似的。

他的父母絕望不已。而奇怪的事，才剛剛開始。

那家人的小孩從此後，每天都說失蹤的小朋友就躲在自己房間的衣櫃中。每天過了晚上十二點，就會從衣櫃裡走出來和他玩。

只是那個小朋友，和以前長得不一樣了，每天每天都比以前的長相更加可怕更加陰森。他不想和那小朋友玩，但那小朋友，非要和他玩。

父母聽了心裡拔涼拔涼的，半信半疑的打開家裡小孩的衣櫃。這衣櫃不算大，裡邊一目了然，根本就沒有什麼失蹤的小朋友。

可是，自家的小孩，卻一天比一天變得脆弱、恐懼、疑神疑鬼。說那個失蹤的小孩，想要將他拖進櫃子裡。

甚至有一天，小孩半夜大聲哭鬧，那家人跑去一看，嚇了一大跳。一隻黑乎乎的手探出來，抓住了自家小孩的腳踝，拚命的想把他拖入衣櫃中。

他們一家人都嚇壞了，求神拜佛請道士，全都沒用。最後才在高人的指點下，下載了龍組的 App 發布委託。

第三個任務，接委託的是 E1 級的除穢師，別懷疑，他們去了之後，傳回來的紀錄混亂怪異，沒多久就失去了聯絡。

夜諾看完後，深深的皺著眉頭。三個任務，三組人馬，全都失蹤了。而且一同失蹤的，還包括委託人。沒錯，確實都是和櫃子有關的任務，最主要的是，點出了一個重要的地點。

石市。

所有事情，都是在石市發生的。這會不會，就是自己的第四扇門的任務所在地呢？可能性極大。

夜諾關掉郵件，然後又按照伏羲水鏡的要求，將郵件用 MUD 爬蟲病毒徹底刪除雲端痕跡後，這才揉揉眉心，看向窗外。

自己住五樓，貧民窟的夜色，總是骯髒黑暗密不透風的。努力朝天空望，只能望得到夾在密密麻麻的高樓大廈縫隙中的一小片星空。

這世間，本就是各人下雪，各人有各人的隱晦與皎潔。

三個任務，十來個低級除穢師死了，龍組幾乎沒有人過問過。外圍除穢師的命，真的很不值錢。

況且，這次的任務，光是看三個案例，就給他一種刺骨冰冷的陰森感，那是一種赤裸裸的致命預感。

不過，博物館的任務，又哪個不致命呢？

身後，慕婉那丫頭睡得正香，微弱的鼻息聲很讓人安心。夜諾走過去，輕輕的揉了揉她的小腦袋。

「阿諾，別這樣，羞羞。嗚嗚嗚，嘻嘻嘻。」丫頭流著口水，嘴裡模糊的咕噥了幾句話，像是夢到了什麼不得了的少兒不宜的亂七八糟的東西。

夜諾一陣無語，他到客廳的沙發上湊合了一晚上。

第二天早晨十點，兩人準時再次去了凡柯書店。第三場考試在十點半進行。

還是昨天的大廳，但大廳裡已經布置好了三個擂台。考官仍舊坐在觀察室，冰冷的季筱彤早就到了，隔著單向玻璃，冰聖女突然眼睛一亮，然後視線再也沒有移開。

夜諾帶著慕婉進來了。

07

評定賽的結果

他倆一走進考試場，就吸引了所有人的目光。畢竟前兩場考試創下兩百二十超高分的紀錄，到現在很多人還難以置信。而創造了這個高分的夜諾，哪會不引人注意。但夜諾偏偏像是毫不在意這些目光。

他手裡拿著手機，還在不停的查資料，看資料。這些資料，全是關於石市的。

黃毛眼睛發亮：「我偶像來了，偶像不愧是偶像，那麼的淡定。你說，我偶像今天能得幾分？」

「他只是一個F5罷了。實力在我們所有人中是墊底的。」千柔切了一聲：「一個D1級的除穢師，就能秒他無數個了。」

「怎麼這樣，你太小看我偶像了。不要用尋常的眼光看他，要不你也得個兩百二十分給我瞅瞅。」黃毛很不爽。

丁樂倒是有些嚴肅的說：「千柔，你的想法確實有問題，那個夜諾，不應該用等級來評判他。」

「釘子，你怎麼也這麼說。難不成那個F5級，還能單挑得過我們不成。我可是D5巔峰啊。」千柔一揚脖子，很不滿意。

「千柔，你忽略了夜諾的屬性。他的屬性是神秘體，那個神秘體到底是什麼，我借助家族的訊息管道都沒有查到。據說歷史上確實出現過神秘體，但似乎每個神秘體的能力都不同。」丁樂道：「總之，神秘體太神秘了，只有跟夜諾正面戰鬥時，或許才能看得到其中一隅吧。」

「釘子，我看你是太小心翼翼了。等一下如果那夜諾上場，嗯嗯，老娘可不會客氣。讓你們看看我陰毒的屬性，將神秘體毒得花兒那麼紅。」千柔揉了揉自己的右手。

他們千家的屬性，自古都是使毒。除穢能在他們手中，能化為千般劇毒，對別人來說，除穢術就是除穢術。而千家的除穢術，就是施毒術。她的陰毒手，已經有所小成。別看千柔只有D5巔峰，但其實普通D6都根本不可能是她的對手。

對於F5級的夜諾，差了兩個大階，千柔根本就沒看在眼中。

十點半一過，第三場考試開始了。牆上的大螢幕，出現了規則和參賽者的名字。

經過前兩場考試，春城考場六百多人，現在只有不到九十人能參加第三場考試。

但由於昨天夜諾創造了高分的原因，剩下的五百多人，全都自發的聚集到考場外的參觀室，他們想看看，創造了奇蹟的夜諾，會不會今天也繼續創造奇蹟。

畢竟，前兩場還有可能是意外和運氣。但第三場比賽，是實打實的實力之戰，拳拳到肉的比拚，實力不行就是不行，無法作假。而夜諾，偏偏是剩下的人中，實力最差的。

因為接下來的時間，剩下的八十八人，會陸續跳上三個擂台進行比賽。

比賽的規則很簡單。

贏者留在擂台上，輸家下台。每個人都有輸三次的機會，全部輸掉，就失去比賽資格。而每贏一次，就累積一分。截止時間是今天下午三點，一共四個小時。

到時候拿到三輪比賽綜合分數最高的十名參賽者，才算通過人才評定。取得參加半個月後的龍組內部選考賽的資格。

但這次只要考過，幾乎就算得上半隻腳踏入體制內了。因為這是敲門磚。

夜諾稍微算了算，理論上在春城考場，以不算自己在內的八十七人算，每個人贏一次得到一分，贏三次拿到三分算。一個人最好最理想的成績可以拿到兩百六十一分。可是算綜合總分時，再高的分數，也會按比例換算成一百分。贏兩百六十一場，就可以拿第三場考試的一百分。

考試要考四個小時，實在太久了，夜諾並沒有那麼多時間。他趕著要坐中午的火車去石市，票都買好了。

石市那個小地方，火車票不好買，兩天才有一班車。最早的火車票，就在今天中午十二點正。

他趕時間。

不遠處的三個擂台，都還空著，沒人急著上台。第三場比賽比的是毅力、耐力和持久力。第一個上場的人，肯定是笨蛋。

真正的聰明人都會在擂台下先觀察，摸清大部分強者的底細後，才謀而後動，逆風搶分。

不過這世上，本就不缺笨蛋。黃毛呼嘯一聲，樂呵呵笑嘻嘻的不顧丁樂的阻攔，一腳飛躍，猛地跳到了第一個擂台上。

「我毛家天才，這次來會一會各路高手。」黃毛一抱拳，喝道：「手腳不容情，我毛家鐵拳從來都是拳拳到肉，打傷了沒命了，可別到黃泉下向閻王爺告我一狀。」

千柔拍著腦袋，頭痛道：「那個白痴果然第一個跳上去了。」

「抱歉，我沒攔住他。」丁樂鬱悶。

「你攔也攔不住的，那白痴的性格傻不說，還渾身都是蠻力。」千柔道：「不過也無所謂了，毛子實力不弱，D6 巔峰，除了幾個 C1 級的高手外，應該沒人能輕易把他打下去。況且比耐力，那是毛子的強項啊。他天生就適合打車輪戰。」

有黃毛起頭，另外兩個擂台也跳上了人。

「黃毛，我來會會你。」不多時，一個大鬍子大漢跳到黃毛的擂台上。

黃毛愣了愣：「你怎麼知道我的小名？」

「奶奶的，我知道個熊。你一頭黃毛，我不叫你黃毛叫啥。」大鬍子道。

黃毛撇撇嘴：「老兄，你高壽。你一嘴鬍子把臉都遮了一大半，應該是個九〇後吧。」

「滾你媽的，老子我是〇〇後。現在才十六歲。」大鬍子罵道。

「那你長得有些急啊，那麼急幹嘛，拔苗助長嗎？」黃毛指著自己一頭金色短髮：「而且我這黃頭髮是天生的，和我毛家的屬性有關，知道不？」

「我知道個屁，我的大鬍子也和屬性有關。奶奶的，懶得和你囉嗦，你給我下去了你！」大鬍子猛地發招。

「看我的天馬流星拳。」黃毛鐵拳一揮，一個流星拳就打在大鬍子的臉上。大鬍子痛得眼淚都出來了，整個人打著旋流著口水，硬生生被拳頭打出了擂台。

「噢耶，小爺我的鐵拳不賴吧。」黃毛得意道：「搞定一個嘍。」

十幾分鐘後，擂台賽才輪了兩輪而已，三個人在擂台，六個人被打下去。這八十八個人，不知道要多久才打得了一圈。

看著時間流逝，夜諾終於忍不下去了。

他的車票可是真金白銀買的，錯過這班車，要等下一班就要兩天後了。他等不起。而且三個擂台打得太慢太慢了，這些人是來耍花槍的嗎？

趕時間的夜諾看得一肚子氣，最後實在受不了了，找了最近的擂台跳了上去。擂台上有兩個人打得正火熱，一見夜諾跳上來，不由得都愣了愣。

這什麼情況，這個F5級的傢伙好像有些眼熟。臥槽，不是那個前兩場考試創了兩百二十分紀錄的夜諾嗎，他跑上擂台來攪和什麼？

「喂！」其中一人剛說完這句話，就感覺自己飛了起來。

沒錯，他是真的飛了起來。和他一起飛起來的，還有剛剛和自己打得不相上下不分勝負的對手。兩人一臉懵逼，完全不清楚自己怎麼突然就飛起來，接著飛出了擂台。

「哎喲喂。」兩人同時撞在對面的牆上。

全場都由於夜諾的突然攻擊，場面變得有點詭異。

千柔莫名其妙：「那個夜諾想要幹啥啊，他幹嘛突然闖入擂台，把人家打下來。干涉別人比賽，不是違規嗎？」

「不違規，擂台上，從來就沒有規定只能有兩個人比賽。」丁樂眸子猛地一亮。

「怎麼這樣。」千柔道：「那意思是，我也可以隨便跳上去，趁著另外兩個人都快精疲力竭時，搶戰果嘍。」

「你可以的，只要你實力夠強。」丁樂道：「你有沒有發現，那個夜諾真的很可怕。剛剛的兩個人，可是高了他幾個等級的E6啊。他竟然那麼輕鬆，就將兩人踢了下去。」

「換我，我也能做到。」千柔氣呼呼的說：「他肯定是乘人之危。」

「你畢竟是D5，踢兩個E6下去，輕而易舉有什麼值得吹噓的。但夜諾可只有F5。真是令人難以置信，就算是我，也沒看清楚，他怎麼出的腳。」丁樂心臟怦怦直跳。

他有種預感，那個夜諾，絕對不會無緣無故跳上擂台，他肯定又要搞出啥大事情來了。

不光是他，本來在外圍看熱鬧的落選除穢師正是看得起勁，夜諾橫插一腳讓大家都愣了。

所有人都議論紛紛，不清楚夜諾想要幹啥。

就在這時，夜諾發話了：「喂，大家靜一靜，我有一個提議。」

他的聲音迴盪在考場中，帶著不容反抗的命令語氣，就連另外兩個擂台的人也停止打鬥，愕然的看向他。

「你們太慢了，你們不光打得慢，而且用的全都是些垃圾術法。你們就是些垃圾，就你們這樣，一輩子也別想進入龍組後有大作為，還不如讓我先來教教你們人生哲學。」夜諾朗聲道。

「啥？」賽場上和賽場外，甚至就連考官都一臉困惑。這傢伙到底想要幹什麼鬼，一張口，就把所有人都貶低成了垃圾。

能進入人才評定賽第三場考試的，哪個不是家族中還算有所作為有點實力的小天才，天才自然有天才的傲氣。

可這傲氣，在這一刻，竟被夜諾毫不留情面的踐踏了。

「你找死！」許多天才憤怒的吼道。

夜諾要的就是他們怒。

他鄙視的伸出手，對所有人都豎起中指：「給你們一個機會。想要贏我。

「一起上。

「我就在這裡站著，只要我退一步，就算我輸。

「你們不是自認為天才嗎，你們不是要臉嗎？臉是自己給自己掙來的。」

他的話一個字一個字，捶打在所有人的心坎。許多人都又怒又憤，但仍舊沒有人動手。這裡的八十六人，有三十個D級，五十六個E級。任誰的實力，都要遠遠超過夜諾這個 F5。

人都不傻，F5 級的夜諾口出狂言，肯定有他的目的。

「這個夜諾，激怒我們到底想要幹啥？」丁樂極為冷靜的思索著。

「糟糕，毛子肯定要上當了，他可受不得激。」千柔大叫一聲不好。

果不其然，黃毛大笑著，一腳將自己擂台上的人踢下去，呼嘯著，整個人高高跳起，雙手捏拳，拳頭的尖端，除穢力已經凝結出尖銳鋒利的黃色光芒，筆直朝夜諾攻去。

「偶像，我早就想要跟你交手了。看我的鎖金拳。」

熾熱的金色光芒一閃而過，猶如一片金色的雲朵，狠狠向夜諾襲去。

「來得好。」夜諾淡淡一笑，只探出一指，輕輕點在黃毛的拳頭上：「破穢術。」

白光湧動，黃光片寸不留。黃毛傻呆呆的盯著自己祖傳的鎖金拳莫名其妙的被破了，緊接著他飛了起來。

夜諾一腳將他踢了出去。

搞定一個後還不過癮，夜諾一不做二不休：「既然你們都沒膽子一起上，那乾脆就我自己去找你們。」

他確定自己不會犯規。第三場考試有許多規則值得商榷和有爭議，擊敗對方取得分數，但並沒有說，一定要在擂台上。

龍組的人才評定考，最主要是選拔真正的人才，至於過程，並不重要。畢竟它不是真正的政府機構，而是遵循著赤裸裸的弱肉強食。誰的拳頭大，誰就是贏家。

「媽的，太欺負人了。」其中一個參賽者大叫道：「別看不起人，你不過只是個F5而已……」

夜諾手裡一個除穢術打過去，這個E5級的除穢師應聲而倒。

「不夠不夠，太浪費時間了。」夜諾盤算著自己搞定眾人後，趕去火車站的時間有點緊：「雷掌！」

他一動不動，只是出掌。隨著他的掌心飛揚，一道道雷光從他掌心跳躍出來，金色的弧光閃過，每一擊都有一名參賽者倒下昏厥徹底失去行動力。

夜諾的分數在暴增。

「你看那個傢伙的分數。」有人注意到了。

「你奶奶的，這個夜諾在無差別攻擊，有意破壞考試次序。有他在，我們根本就沒辦法正常考試。」也有聰明人明白了夜諾的計畫。

所有人，上也得上，不上也得上。只要不擊敗他，所有人都別想繼續考試了。而且更可怕的是，夜諾的分數在攀升。再讓他這麼下去，自己可以獲取到的分數，也會被夜諾給生生搶走。

「打他丫的，一起上。」

「對，一起上。」

終於，所有應考者都覺悟了。他們一哄而上，七十多人，黑壓壓的一群，手中各種拿手的除穢術祭出。

賽場外的落選者目瞪口呆，他們再次看到了驚人的場景。全部參賽者同時攻擊，而且只攻擊一人。

夜諾巍然站立在中間的擂台上，動也沒動。他的面前圍滿了除穢師，每個除穢師的實力都遠高於他。

無數的除穢術朝他轟擊而去，各色能量形成了一道道壯觀的彩霞。

彩霞下的夜諾，渺小而又巨大。他面對這就連B級除穢師都難以抵抗的除穢術群，毫無畏懼。

只是伸出一根手指。

只一根手指而已，輕輕點在那幾十種除穢術形成的龐大能量風暴上，風暴竟然戛然而止，猶如一陣清風拂過，消失得無影無蹤。

「怎麼可能！」丁樂難以置信。

千柔也難以置信。

賽場內外所有看直播的人，都難以置信。

「發生了什麼事，怎麼我只看到夜諾伸出一根手指，就將所有除穢術化解了。」

觀察室中，有個考官百思不解的問。

「奶奶的，我怎麼知道。」絡腮鬍睜大了眼睛。他可是第一次遇到這麼稀奇的事。那幾十種除穢術形成的能量團，就算是他，也只能硬抗。

可夜諾居然毫髮無損的就破解了。

「我明白了。神秘體，夜諾是啥勞什子的神秘體。那神秘體的體質，會不會就是能破解除穢術？」公祖猛地道。他說話的時候，聲音因為激動而發抖。

他的話，讓所有考官都心驚肉跳，繼而搖頭。

「不可能。」其中一個考官道：「那些除穢術一共八十多種，全部交織在一起後，根本無術可解。」

「那如果他的神秘體，是讓除穢術無效化呢？」絡腮鬍倒是覺得公祖的話有道理，接了句嘴。

他的話，讓所有考官都啞然了。

擁有能讓除穢術無效化的夜諾，到底是好還是不好？具的有體質，能讓除穢術無效嗎？這實在是太可怕了。

除穢術是所有除穢師的根本，假如夜諾真的能讓除穢術無效，別人還怎麼攻擊他？純粹肉搏嗎？而更可怕的是，他可以讓別人的除穢術無效，自己的除穢術卻是有效的。肉搏，也要有機會靠近他才行啊！

這件事，必須要盡快回報龍組才行。擁有除穢術無效體質的夜諾，是一個大隱患，但也是龍組的一個大機遇。

這次的春城考場，簡直是運氣大爆發。出了個天能體的慕婉就已經是中大獎了，現在又來了一個神秘體的夜諾，可謂大獎三連擊啊。

不管考官們怎麼震驚，考場中，夜諾確實在利用破穢術收割分數。

自己的破穢術只能破除他知曉的除穢術。除穢術有十個大類別，無論怎麼變，萬變不離其宗，千般變化都源自暗物博物館。何況，這些人都只是十多歲的孩子，掌握的都是基礎除穢術，要破除它們真是太簡單了。

而場上的考生也發現情況不太妙。

夜諾能破解他們的術法不說，還在破解的瞬間，用除穢術攻擊他們，而且一擊一個準。夜諾的除穢術威力極大，完全脫離他們對 F5 的實力認知。

最無恥的，要數夜諾的攻擊方式。他趁對方的術法被破解，全身都失去除穢術保護的瞬間攻擊對方，這個就太噁心了。哪怕是D級除穢師，也扛不住啊。

不到五分鐘，八十六人中已經有三十人被夜諾打翻了三次，頹然的退出了比賽。剩下的五十六人謹慎了許多。

「快十一點了。」夜諾抽空看了看錶，進度太慢了，還需要加快速度。

「破穢術。」一連用中指破掉襲向他的三人，夜諾又搞定了三個。

他有點不耐煩了。

考場中的五十多人突然很有默契的分得很散，怕的就是夜諾一下鏟掉一窩。賽場上，沒人是笨蛋。

丁樂、黃毛和千柔湊在一起，警戒的看著夜諾，不時竊竊私語。千柔一改剛剛的輕鬆，變得嚴肅起來：「沒想到，那夜諾居然那麼難搞。我們三個D級高手，都被逼得掉了一條命了。」

「可不，畢竟是我偶像嘛。」黃毛得意道。

千柔呸了一聲：「你最慘，被打倒一次還不長記性，爬起來又衝過去。你只剩一條命了。」

「噓。」丁樂噓了一聲：「你們有沒有發現，夜諾還很有餘力的樣子。而且自始至終，他都跟一開始說的那樣，一步都沒有移動過。」

「啊！」千柔睜大了眼：「果然。這傢伙是個妖孽，明明實力比我們低那麼多，卻一人對付八十六人，還有餘力。這種人，幹嘛到人才評定賽來跟咱們搶人頭，就算是龍組內部考的天才們，也不一定有他強啊。太鬱悶了。」

「或許，他也是衝著那個獎勵來的。」丁樂沉默了片刻：「咱們小心一點，也不是沒有機會。畢竟F5的除穢力，不超過一百點。他施展了那麼多除穢術，也該油盡燈枯了。只要沒了除穢力，哪怕他能無效化我們的除穢術，光靠黃毛的肉搏，也能贏。」

「希望我們撐得了那麼久。」千柔有些不抱希望。

擂台上，三個擂台空蕩蕩，只有夜諾一個人佔據著中間的擂台，高高的俯視躲著他的一眾考生。他不耐煩的咕噥著：「我都沒時間了，這些傢伙還在躲，是在等我的暗能量用光嗎？」

夜諾懶得等了，他丹田的開竅珠中，還有數千暗能量，要用完還真不容易。要玩，就玩個大的讓所有人都絕望。

他手一抬，腦袋一轉，視線剛一掃過去，就有幾個E級的考生腦袋一縮，心臟一跳。這個煞星居然看向了他們，快躲。

生平第一次，這些人那麼怕一個實力比自己低一個大等級的傢伙。

夜諾嘴角綻放出一絲不懷好意的笑，要你們躲，都給我乖乖的站好：「定身咒。」

他手一揚，那幾個E級考生驚訝的發現，自己的身體竟然像被定格似的，一動也不能動了。怎麼回事！

「那是定身咒！」丁樂驚訝的喊出了聲。

「怎麼可能！」千柔也張大了嘴：「定身咒不是很難學？而且還是龍組內部的高級法術？他怎麼會？定身咒一個F級的除穢師也能學？不是說至少也要B級巔峰才能施展嗎？」

「可、可他確實施展出來了。」丁樂雖然難以置信，但夜諾剛剛的確施展了定身咒。這完全顛覆了他的世界觀。

觀察室中，眾多考官一片譁然。

定身咒，居然是傳說中的定身咒。簡直是見了鬼了，這些考官們實力不弱，卻沒有人練成定身咒。傳說中六大最難學的咒法中，定身咒就是其一。B級別巔峰只是學習定身咒的門檻，最難的就是，定身咒的成功率，太低了。

實屬雞肋，和學習成本不成正比。

而夜諾不光施展了定身咒，看起來成功率還不低。

這個夜諾，到底還會給他們多少驚喜？

「不夠不夠。」又打翻幾個人的夜諾還嫌速度太慢，他一咬牙，從開竅珠中繼續抽取能量，迅速對著左右前後四個方向揚手。

五十多道定身咒，瞬間打出去，一人一道，個個不落。

一時間全場剩下的五十多人，都被定住了身形，一根手指都沒法動。

「糟糕。」丁樂感覺自己眼珠子也凝固了，但他嘗到了定身咒的滋味，心裡頭倒是有些開心。

但很快，他就開心不起來了。

「雷爆。」無數金黃色的雷光，從夜諾的手心跳躍出來。雷光所過之處，摧枯拉朽，所有考生都被定身咒定住了，動也沒辦法動。只能眼巴巴的看著雷光穿透身體，將自己打倒在地。

瞬間二十多人失去最後的機會，淘汰出場。

好不容易，剩下的三十多人被電得酥麻的身體才稍微恢復了一些，從地上爬起來。可還沒有站直身體，夜諾又再次朝四面八方揚了揚手。

「定身咒。」

所有人都只剩下一個念頭，罵娘道：「奶奶的，還要來一次？」

定身咒再次將眾人定住。

「雷爆。」

金黃色的雷光，再次穿透了眾人，讓他們想死的感覺都有了。

黃毛被淘汰，丁樂被淘汰，千柔被淘汰。除了夜諾和慕婉外，所有人都被淘汰了第三場考試的時間，徹底停留在開考後的二十七分鐘。

夜諾第三場考試，一百分。綜合總分三百二十分。高居全部考場第一。

慕婉第三場考試在夜諾身後撿便宜，得了九十八分。綜合總分兩百五十一，高居全部考場第十位。

人才評定賽，落下了帷幕。

而京城考場和海城考場，分數雖然還沒有出來。但費衛和任天都湧上一股無力感，因為他們知道，自己已經無力回天。

這次的人才評定，無論怎麼努力，也無法贏得了夜諾。而今後不知道多少年，夜諾的成績，都會盤踞在榜首，再也沒人能將他刷下去。因為他是龍組幾千年來，第一個得到滿分的人。

沒有之一。

參加完比賽後，夜諾根本就沒有等結果，就連迎上來的主考官都懶得理會，丟下一句電話聯絡後，就風風火火的跑了。

留下一眾考官在風中凌亂。

夜諾急著去趕火車，而龍組有龍組的程序，和考官們墨跡也沒意思。事後，龍組會將人才評定的獎勵領取方式，以及半個月後的體制內考試的情況，以電子郵件寄給他，根本不用他費心。

石市，終於能去了！

—08— 失蹤的丈夫

從春城坐火車坐了將近一天一夜，直到第二天早晨六點半，夜諾才走出石市火車站。

石市不算大，依山傍水，顯得格外秀麗。作為資源枯竭城市，石市的街道處處都流露出一股凋零蕭條感，按理說火車站應該是人流密集，很繁華之處，可附近許多店家都倒閉了。

四處可見「旺鋪出租」的紙條貼在空鋪中，那些張貼的招租廣告，甚至有些泛黃，不知道閒置了多久。

還好一出門就有共享單車。

夜諾用手機掃了一輛，漫無目的的遊蕩在街上。他在等伏羲水鏡的訊息。

關於石市櫃子的事件，下車前伏羲水鏡通知他，說又有新的委託出現，被伏羲水鏡私自截了，正通過加密程序轉給他。

現在夜諾還無法利用龍組的任務系統，只好折衷一下。完成櫃子的任務後，夜諾會盡快考進龍組的體制內，這樣就能名正言順的和伏羲水鏡裡應外合了。

小城的風很舒爽，騎著車，行在河岸，兩旁的行道樹長得高大，樹蔭遮蔽了陽光，只剩下星星點點的光斑，隨意落在石板路上。

就彷彿星辰落地，煞是美麗。

一個人騎著車，沒有別人擾亂，夜諾近幾個月來緊繃的神經，像是也鬆了許多。他就這麼慢悠悠的騎著，一直往前，飽含水氣的風打在臉上，聽著右側河流潺潺的響。

但寧靜，畢竟是少數人的時光。沒過多久，手機滴滴滴的聲音就傳了過來，夜諾停下車，掏出手機看了一眼。

是伏羲水鏡的郵件。

輸入來石市前，伏羲水鏡給他的一組特殊秘鑰，夜諾也能在手機上查看加密後的信件，這樣確實方便了很多。

迅速將郵件看完，夜諾再次騎車，朝石市南側的宮商小區趕過去。

石市的南側屬老城區，和新城區的乾淨整潔形成了鮮明的對比。老城區的房子，低矮的逼仄的，彷彿失去顏色的老照片，處處都是灰濛濛，帶著時代烙印的牆壁和兩樓矮磚瓦房。

這些磚瓦房和新城區高大的多層和高層建築物完全不像是同一個物種。紅色磚瓦的外層貼著一層石市特有的大理石的皮，頂上的瓦，用的也是大理石。石市的大理石仔細看，其實並不是真正的大理石，而是類似大理石紋理和亮度的雜石，硬度和重量比真的大理石差得多。

但勝在量大便宜，用來修建房屋也是物美價廉很有檔次。

期間，夜諾打了通電話給委託人。電話那頭的委託人是名女性，大約二十來歲，精神不怎麼好，支支吾吾了半天，最後變成了嗚咽。她的妹妹實在忍不住了，將電話搶過去，語速極快如連珠炮似的和夜諾交流。

兩人約好在宮商小區的二號門見面。

騎行二十分鐘後，夜諾到了二號門。老遠就看到一個十九歲的姑娘，這姑娘長相還算中等偏上，身材高䠷，紮著馬尾辮，穿著白色的長版羽絨外套。

這姑娘站在門口探頭探腦。

夜諾皺了皺眉，女孩身上往外洩著一股黑氣，像是沾上了污穢般，令人很不舒服。雖然她看不到，但這股黑氣，顯然已經影響了她的情緒，讓她面容上隱隱結著焦躁和不安。

姑娘沒注意到夜諾騎車過來，還是往外瞅個不停。

夜諾將車停好，上鎖後，這才來到她跟前：「你是丹海璐，對吧？」

「夜諾，先生？」這姑娘看著夜諾的模樣，眨巴了幾下眼睛，不信任的問：「你就是接了龍組 App 委託的處理人？」

「沒錯。」夜諾點頭。

「你真的能處理嗎，我們石市警方都沒有將姊夫找回來。」丹海璐眉頭高翹：「你這麼年輕，最重要的是，還是騎著共享單車來的。這太沒有說服力了！」

「我騎共享單車來怎麼了，你委託費就那麼一丁點錢，還想我搭專機飛來啊。」夜諾吐槽道。

說實話，這次任務是被伏羲水鏡私自截下來的，根本就沒有進入除穢師的接單系統。就算夜諾完成了，一毛錢也沒有。他當然是能省點就省點經費嘍。

「可怎麼說，也不該來你這麼年輕的人。」丹海璐嘟著嘴：「你看起來也就十多二十歲。」

「你不也才十八九歲嗎，我二十歲怎麼了？」夜諾撇嘴。

「嘴上無毛辦事不牢，太年輕了幹不成事兒。」丹海璐下了個結論。

「我看你想法就有問題，你姊夫的失蹤案，警局裡那麼多老警察，他們找出來了嗎？這就說明年齡哪怕再大，遇到了不拿手的領域，一樣一頭懵瞎。」夜諾白了她一眼。

丹海璐還是不信任他：「我姊夫失蹤，肯定是超自然事件作祟。你既然說你可以解決超自然事件，那給我證明看看。」

「你要我怎麼證明？」夜諾問。

「那簡單啊，表現表現，做一點常人做不到的事情。」丹海璐挺了挺不大的酥胸。

夜諾撓著頭，這還不簡單。他在丹海璐的肩膀上一抓，然後又在她的眼皮上抹了一下。丹海璐驚呼道：「你幹嘛啊。」

「你看我手掌裡是什麼東西。」夜諾道。

只見他的手心中，一團黑氣正在不斷扭動。這就是穢氣。只要有暗物質怪物出現的地方，都會產生穢氣。

不過丹海璐肩膀上的穢氣有點怪，這些穢氣非常單純，明明只是一團氣息，卻如同活物一樣，能動。

「啊！這什麼玩意兒，好噁心。」丹海璐驚訝得合不攏嘴。

「這是我從你肩膀上抓下來的，你姊夫的失蹤，或許就和這一團穢氣有關。」夜諾解釋道。

「咦，咦咦咦。」這姑娘睜大了眼，一臉的難以置信：「我身上怎麼可能有這種東西，你不會是魔術師吧，用的什麼障眼法。」

「美女，你科學思想中毒太深了。世界大了，什麼么蛾子都有。有時候還是要用迷信思想來看一看世界。老祖宗的迷信，有的時候還是有道理的。」夜諾說：「而且什麼障眼法，能弄出這玩意兒來。」

說著夜諾一把將手中的穢氣捏碎，穢氣散落在空氣裡，消失不見。

科學和迷信，從來都不是對立的，而是人類對於認知的階段不同，所造成的詞彙形容不同罷了。

簡而言之，迷信，就是在沒有道理的地方尋找「道理」，在沒有意義的地方找到「意義」，在沒有規律的地方發現「規律」，在沒有因果的地方強加「因果」。

這和現代的宏觀物理、維度世界理論、平行宇宙理論，差不了多少。

露了一手的夜諾，終於稍微取得丹海璐的信任。她帶著他，來到宮商小區十三棟606房。

委託人，就是丹海璐的姊姊，丹海琴。

伏羲水鏡私自截下的任務，編號為980576。委託內容是尋找失蹤的丈夫。

丹海琴的丈夫在五天前晚上八點左右，幫她去衣櫃裡拿衣服時，突然就失蹤了。

他們家住在老小區的六樓，十三棟樓只有一座樓梯可以上下，而丹海琴就在屋子門口等他。他們家的窗戶全都安裝了塑鋼防盜窗，丈夫不可能翻窗離開。

但丹海琴的丈夫竟然一去不回，消失得乾乾淨淨，比電影裡的密室失蹤案更加怪異。

左等右等沒有等到丈夫的丹海琴回屋子裡尋找了一番，還是沒找到丈夫。於是她打了電話詢問親戚朋友，沒有任何人知道丈夫的下落。

丹海琴最初還以為丈夫不想陪自己去單位參加晚會，所以開溜了，這種事以前也發生過。但第二天晚上，丈夫還是沒回來，甚至沒聯絡過她。打丈夫的手機，竟然顯示已經關機。

她開始覺得有點不對勁了。

當晚的八點過，丹海琴的手機響了起來。來電號碼是丈夫的，她連忙接起來，可是電話那頭只傳來一陣噪音，接著就是一陣鬼哭狼號，夾雜著混亂不清的淒厲的吼聲。

那彷彿是地獄傳來的聲音，嚇得丹海琴不寒而慄，頭髮都豎了起來。她下意識的扔掉手機，可接下來的幾秒鐘，丈夫的聲音終於出現了。

伴隨著淒慘痛苦的噪音，丈夫大喊救命，要丹海琴快將他救出去，他在一個很黑很恐怖的地方。

或許，丈夫被綁架了！

丹海琴心中生出了這個念頭，她連忙報警。警方調了丈夫失蹤那晚附近所有的監視器。但監視器影像中，丈夫回家後，就沒再出來過。

宮商小區住戶密集，所以監視器幾乎沒有死角，除非她的丈夫能飛天遁地，否則，他應該還在南宮小區內。

於是警方在南宮小區重點盤查，在丹海琴的家中搜尋線索。但一點線索也沒找到。警方盤查後發現，她的丈夫不光沒有出小區，甚至連門都沒有出。

丈夫是在屋子裡失蹤的。

無數的證據表明，她的丈夫還留在屋子內。

警方立刻改變調查方向，他們一度認為是丹海琴殺害了丈夫，殺人碎屍，將分切的屍體藏起來，或沖進下水道。

但這一點卻沒有證據。

因為警方沒能在屋子裡找到丈夫被殺害的任何痕跡，地上也沒有血跡殘留。失蹤案陷入了膠著，丹海琴失魂落魄，被警方的懷疑以及丈夫的失蹤折磨得夠嗆。甚至現在連丈夫的家人，都懷疑是她將丈夫殺了。

丹海琴這五天，幾乎在絕望中度過。她覺得自己快要瘋了，更可怕的是，她腦子開始出現幻覺。她總覺得，丈夫還活在這個家中。這個幻覺非常的強烈。

她每次看著衣帽間的櫃子，去櫃子裡拿衣服時，這種感覺，就會更加強烈。就彷彿，丈夫，就在櫃子裡。但卻不知為何，出不來了。

丹海璐是丹海琴的親妹妹，比她小六歲。讀大一的她喜歡接觸新鮮事物，在一次詭異事件中，她從同寢室的朋友那裡接觸到龍組的 App 程式。既然姊夫失蹤得那麼怪異，她就想，說不定這也是一起超自然事件。

所以丹海璐說服自己的姊姊丹海琴，下載了龍組 App，發布懸賞五萬塊的任務。丹海琴和丈夫的經濟並不算富裕，否則小倆口哪會把婚房買在價格便宜許多的老城區，而不是商業環境和教育醫療資源都好得多的新城區。

總之，這五萬塊，幾乎是丹海琴現在能拿得出來的全部了。

「沒想到你們龍組 App 的服務那麼快，我昨天晚上才下單，你今天一大早就來了。你離這裡很近？」丹海璐一邊對夜諾說明情況，一邊開門，一邊問。

夜諾搖頭：「我是從春城連夜趕過來的。」

「辛苦了，坐了一整夜的火車吧。」丹海璐說。

夜諾沒說話，他的體質早就比普通人強太多了。更何況暗物博物館的任務，如果不快點搞定，自己八成有生命危險。

一把達摩克利斯之劍懸在腦袋上的滋味，沒有人會覺得好受。

「姊姊，那個龍組App已經派人來了，你看你看，我沒有騙你吧。」門發出吱嘎響，丹海璐一推開門，就朝裡邊大呼小叫。

這妮子聒噪得很，話多。

「嗯。」她的姊姊心不在焉的坐在對面客廳的沙發上。

夜諾探頭朝裡看。

這個屋子不算大，兩房一廳，大約八十九平方公尺左右。客廳擺放著一組三人沙發，沙發上還有一組結婚照。

小倆口的年紀都不大，男主人文質彬彬，一看就是搞技術的，戴著一副金絲邊眼鏡。女主人頗為靚麗，穿著低胸的白色婚紗，笑得彷彿白蓮花盛放。

可現在，男主人失蹤了，女主人如同凋謝的花，坐在婚紗照下黯然失神。

「進來吧。」丹海璐將夜諾請進屋子後，一屁股坐在沙發上，搖了搖姊姊：「姊，接任務的人叫夜諾，我幫你試探過了，他會一些小把戲，說不定能幫助我們。」

說完，她又補充了一句：「真的，不是騙錢的。」

「哦。」丹海琴情緒不高，但還是有女主人的模樣。她抬起頭，黑色髮絲瀑布般的垂落，露出了她的臉龐。

女主人的臉和丹海璐有幾分相似之處，但是憔悴得厲害，臉窩都瘦出來了，整張臉乾乾癟癟的。看來是最近哭太多了，下眼瞼上留下了兩條淚槽。

「你好，夜諾先生。我幫你泡一杯茶。」說著她顫顫巍巍的站了起來。

「不用了。」夜諾阻止了她，視線在她臉上深深的看了幾眼，微微皺眉：「我可以在你家中看一看，逛一逛嗎？」

「請便。」丹海琴同意了：「我讓我妹妹帶你參觀一下。」

「好。」夜諾點頭，在丹海璐的帶領下，從廚房開始調查起來。

「這個廚房不大，但被姊姊打理得井井有條。姊姊最喜歡下廚了！」丹海璐不光話多，肢體語言也很豐富。

廚房確實很乾淨，乾淨得就連空氣中本應該飄浮的暗物質粒子都沒有。這很不正常。暗物質無處不在，雖然在地球上很稀薄，但就和微塵一樣，是人類生活的一部分。可現在的廚房，就彷彿暗物質的真空地帶。

不，不光如此。自從踏入這個家之後，夜諾就很疑惑。這個家實在是太乾淨了，乾淨到完全沒有暗物質的蹤跡。

屋子裡的暗物質粒子，都去哪裡了？

廚房的鍋碗瓢盆放置得整整齊齊，不過由於女主人最近沒心情做飯，餐具閒置了好幾天，被人用一張透明餐具布蓋著。

夜諾特意檢查了刀具，這些刀具警方肯定已經檢查過了。刀具的磨損度不高，近期沒有砍過鈍物，而且也沒有活人冤死後黏上去的戾氣。

所以，丹海琴應該沒有幹殺死丈夫分屍的事。

她老公，是真的詭異失蹤了。

夜諾被丹海璐帶著，又調查了小陽台、餐廳和客房。最後到了主臥的衣帽間時，夜諾猛地停下了腳步。

衣帽間有點怪，但怪在哪裡，他又一時間說不上來。

但那種怪異猶如瘟疫蔓延，令夜諾渾身都不舒服。

「你姊夫就是在衣帽間替你姊拿衣服的時候失蹤的？」夜諾偏過頭問。

丹海璐點頭：「對啊。我姊是這麼說的。」

「具體情況呢？這個家之前，有沒有發生過什麼古怪的事？」夜諾又問。

少女估計也不怎麼清楚：「這就要問我姊姊了。」

「嗯。」夜諾摸了摸下巴，決定去仔細問問丹海琴。他總覺著整件事都透著怪異，這屋子，這衣帽間，都怪得讓他毛骨悚然。

明明沒有暗物質和暗能量的屋子裡，丹海琴和丹海璐身上的黑色戾氣，又是從哪裡沾來的？

屋子中的暗物質，到底被什麼東西吞掉了？

回到客廳，丹海琴還在發呆，她腿上放著結婚相簿，一遍又一遍麻木的翻著。她顯然跟自己的老公感情很好。

「丹海琴女士，我先問問你具體情況。你先生失蹤前，發生過什麼怪事嗎？」夜諾坐到丹海琴的對面。

丹海璐乖巧的去廚房倒了兩杯水，端到茶几上。

「姊，夜諾先生在叫你。」見姊姊始終沒反應，少女推了推她姊姊的肩膀。

丹海琴這才回過神來，晃了晃腦袋：「對不起，你剛剛問我什麼，我沒聽清楚。」

「我問你，你先生失蹤前，屋子裡有沒有不對勁的事。」夜諾又問了一次。

丹海琴回憶了片刻：「應該沒有吧，我們買的是中古屋。房主是一對早年失獨的老人，因為要搬去養老院，所以把房子便宜賣給我們。這屋子的裝潢，很多都保留了原有的風格。」

「原來如此，那你先生失蹤的前因後果，能跟我講一次嗎？」夜諾的視線在四周繞了一圈。

難怪房子中的風格有點不搭調，原來是小倆口只是在原本的基礎上簡單裝潢了一下而已。那衣帽間的櫃子，搞不好還是前屋主的。

丹海琴捋了捋長髮，露出了半張臉，她憔悴得厲害：「五天多前的那個晚上，我還清楚記得是八點整。我單位有場慶祝晚會。你要知道石市這座沒啥人的小城市，工作也不怎麼好找。

「我的單位，是石市僅剩的一家石材公司。經過努力，我們公司拿到了一張大訂單，所以老闆決定慶祝一下，在石市最大的酒店訂了宴席。但我先生並不想去，說我公司的人看不起他……」

丹海琴的丈夫李先生剛剛失業，在石市，想要重新找到合適的工作，並不容易。失業的人都很敏感，特別是有點清高的李先生。失業人的苦悶敏感，只有失業的人才知道。

現在就連看門口守門的大爺，李先生都覺得對方看不起自己。

丹海琴好說歹說，才讓李先生答應陪自己去參加宴會。兩人特意打扮了一番，丹海琴抹上平時捨不得用的化妝品，還戴上結婚戒指。

臨出門時，一股涼風吹來，吹得丹海琴有點冷。於是她讓李先生去衣帽間幫自己拿件外套帶著。

「拿什麼拿嘛，進了酒店後有中央空調，你到時候又要叫熱。」李先生咕噥著，被妻子白了一眼後，只好脫鞋朝屋子深處走去。

丹海琴左等右等，等了十多分鐘，結果丈夫都沒有出來。她有點奇怪，於是也脫鞋走了進去。

走到衣帽間，衣櫃的門敞開著，自己要的那件外套被扔在地上。

「老公！」丹海琴將外套撿起來，喊了一聲。

並沒有人回應她。

「我丈夫，就這麼失蹤了。」丹海琴長長嘆了口氣。

她講的，和剛剛丹海璐講給夜諾聽的並沒有什麼差別。夜諾皺了皺眉頭，這線索太少了，完全就是一個死局。

突然，夜諾想到了什麼，急忙問：「丹海琴女士，你在 App 裡寫道，你覺得失蹤的李先生是迷失在你家的衣帽間中。你為什麼會這麼想？」

丹海琴和丹海璐對視了一眼。

丹海璐點頭：「姊姊，你就告訴夜諾先生吧。他和警察不一樣，不會當你是神經病。他就是靠這行吃飯的。」

「什麼意思？」這兩人，有什麼瞞著自己？

「夜諾先生，我到現在，也不知道，這到底是幻覺、作夢，還是真的。」丹海琴臉色劃過一絲迷惑。

「願聞其詳。」夜諾知道重點來了。

「我覺得吧，我家的櫃子，說不定真的有問題。」丹海琴道：「搬進來的時候，還不覺得。可我丈夫失蹤後，我不是接到了一通電話嗎？」

「你是說過這件事。」夜諾聽點頭。

「電話裡鬼哭神號，彷彿是地獄裡才有的聲音。我丈夫一直在號叫著，讓我救他。我拚命問他，讓他告訴我他在哪裡，我好去救。」丹海琴打了個寒顫：「可就在電話的那頭，在丈夫痛苦的聲音裡，我聽到了，自己的聲音！」

「你在丈夫打給你的電話中，聽到了你自己的聲音？」夜諾背上的寒毛都豎了起來。

「對。聽得很清楚，我在喊著哭著。而同一時間，我的聲音，也從丈夫的手機裡傳了出來。」

丹海琴從丈夫的電話中，聽到了她自己的說話聲，而且那聲音異常同步。這很可怖。她在說什麼，電話裡就傳來什麼。

這只證明了一件事，打電話的丈夫，和她待在同一個房間。

而接到電話的丹海琴，此刻就在臥室中。丈夫，肯定也在臥室裡！一股毛骨悚然的感覺，湧上全身。丹海琴有點懵，既然她的聲音能傳入丈夫的手機，丈夫一定離自己很近很近，可為什麼她，卻聽不到自己丈夫那震耳欲聾的哀號聲呢？

丈夫，到底在哪兒！

丹海琴站起身，四處走動，她根據從電話那頭傳來的自己的聲音，來判斷丈夫的位置。她走到寢室的窗戶邊上，聲音變遠了。連續換了幾個位置後，她終於站到了寢室衣帽間的大櫃子前。

站在這裡，她的聲音最大。也就意味著，丈夫就在櫃子中？

「親愛的，你在裡邊嗎？」丹海琴顧不上害怕，她急迫的將衣櫃門扯開。在衣櫃打開的瞬間，她嚇呆了。

丹海琴恍惚間看到裡邊變成了一個很大很大的空間。在那黑漆漆的空間內，有一個怪物雙腳雙手趴伏在地上，正衝著一個亮起螢幕的電話哀號著。

彷彿感覺到衣櫃被打開，那怪物轉過頭。怪物身上穿著一件紅色的棉襖般的衣裳，可扭曲的臉型以及耳朵上夾著的金絲邊眼鏡，無一不說明，這就是自己的丈夫。

就在這時，電話斷線了。

那怪物一般的丈夫，用撕心裂肺的聲音吼著，一邊向她衝過來，一邊模糊不清的說著什麼。

「關櫃子門，關櫃子門，不要進來。」丈夫很接近她了，甚至向她抓了過來。丹海琴渾身僵硬，她的耳朵裡只聽得到那陣陣可怕的吼聲，她從吼聲中，分辨出了丈夫模模糊糊的意思。

丹海琴嚇壞了，但丈夫並沒有襲擊她，反而用盡最後的理智，拚命的將櫃子門關上。

清醒過來的丹海琴瘋了一般將衣櫃門再次打開，燈光下，衣櫃恢復成原本的模樣，哪還有丈夫的蹤影！

這件事，丹海琴除了妹妹外，沒有告訴任何人，她害怕別人以為自己瘋了。而丹海璐知道後，也特意裡裡外外的將衣櫃檢查了一番。

相對於這間兩房小屋，丹海琴家的衣帽櫃算大的了。鑲嵌在一面牆上，直徑大約有三百五十公分，深度六十公分。走過衣帽間，就是主臥的廁所，房子的格局還算不錯。

輪到丹海璐講了：「我仔細檢查過衣帽間，裡邊有一大半都是姊姊的衣服，姊夫的衣物很少。衣櫃裡還堆放著用真空袋打包好的床單棉被。不要說藏一個大人，就算是九歲的小孩，也躲不進去。」

夜諾深以為然。

暗物博物館這次的任務，是關於衣櫃的，他當然對丹海琴家的衣櫃很用心。早就調查過了。可無論怎麼看，衣櫃只是普通的衣櫃而已。用的木料也很廉價，甚至都算不上老東西，頂多是三年多前訂製的。

這麼普通的衣櫃，怎麼會把一個大活人吃掉呢？

「喂，夜諾先生。你是專業人士，你給一點意見啊。」丹海璐見夜諾若有所思，大剌剌的喊道。

「我正在想辦法。」夜諾思忖了片刻，抬頭說：「我有一種術法，可以追溯一段時間內的情景，讓它重現，但需要李先生最後一次接觸到的物品。丹海琴女士，你有嗎？」

「有，有，當然有。」丹海琴眼睛一亮：「你真的能做到？」

「試一試也沒什麼損失。不過這個術法，需要好幾個條件。我出去買一些東西，等到晚上八點整時，我們正式施法。」夜諾說完，就準備離開。

丹海璐將他送到門外，壓低聲音警告道：「夜諾，你可不要騙我姊姊。我姊現在都快到崩潰的邊緣了。」

「我騙你們幹嘛。」夜諾低頭，朝門縫裡看了一眼丹海琴：「今天小心守著你姊姊，我總覺得這屋子裡要發生什麼事情。」

「會發生什麼？你可別嚇我。」丹海璐被他的話嚇得後背發涼。

「總之你們今天都小心些，等我回來。」夜諾想了想，不保險，又塞了一張紙符：「如果真發生了什麼怪事，你就捏碎這道符。它可以暫時保護你們，也能通知我。」

「知道了。」丹海璐半信半疑，將那道符揣入了口袋裡。

「還有，離衣帽間的衣櫃遠一點。」夜諾叮囑道：「千萬不要鑽進去。」

女孩撓撓頭：「雖然你這個要求有點怪，但我還是暫且聽你的吧，誰叫你是專家。」

「那就好。」夜諾說完，迅速離開了宮商小區，用手機導航，朝最近的批發市場騎去。丹海璐看著他遠去後，才回屋子裡陪姊姊。

看著姊姊失魂落魄的模樣，她輕輕嘆了口氣。

世上的苦難，不身在其中的人感覺不到。姊姊姊夫的感情一直都很好，現在小倆口遭遇了這場磨難，真不知道該怎麼勸說才好。

所以本來應該在外地上大學的丹海璐，聽到消息，連夜就趕了回來。自己打小就和姊姊很親，姊姊有難，作為妹妹肯定要幫忙的。

「姊，你中午想吃什麼，我來做。」不怎麼會做飯的少女擼起袖子。

姊姊這幾天，連飯都沒什麼吃。

丹海琴果然沒有搭腔，也不知道是不是聽到了，就是懶得開口。

「姊，你放心。那個叫夜諾的給我露了一手。他真的有些本事，如果姊夫真的失蹤在櫃子裡。他或許真能將姊夫救回來。」丹海璐安慰道。

丹海琴終於有了反應：「希望吧。」

「我幫你煮碗麵。」

「不了，我不餓。」

姊姊還是不想吃東西。

兩人一時間陷入了沉默中，時間就在這死寂裡流逝。丹海璐不放心自家姊姊，就一直陪在她身旁。

突然，門外傳來了敲門聲。

「有人來了，姊姊，我去開門看看是誰。」丹海璐站了起來，朝大門走去。

可是透過貓眼查看，大門外並沒有人。

「咦，奇怪了，是誰在惡作劇啊。」女孩氣憤道。

她轉身回客廳，怪的是，敲門聲再次響起。

門外，依舊沒人。

「到底是誰在搞鬼。」丹海璐氣得咬牙切齒，肯定有人知道家裡的情況，專門來整她們。

這些人太噁心了。

女孩乾脆站在門口，躲在貓眼前偷窺。她倒要看看，究竟是誰在搞鬼。

沒多久，敲門聲再一次響起。可猛然間，丹海璐毛骨悚然起來。這一次她聽得很清楚，那聲音，根本就不是敲門。

而是一種敲擊聲。

敲擊聲的源頭，在屋子深處。她順著聲音的來源找了過去，視線最終停留在了主臥的衣帽間。

有人，在使勁的敲衣帽間的衣櫃門。

聲音是從衣櫃裡悶聲悶氣的發出來的。

丹海璐打了個冷顫，她下意識的望向沙發，頓時女孩睜大了眼。

剛剛還坐在沙發上的姊姊，已經赫然不見了！

09 鬧鬼的衣櫃

人的崩潰，往往只要一瞬間。

丹海璐想不通，姊姊究竟去哪了。沙發上沒有人，而且由於被夜諾叮囑過，回家時女孩覺得有點不踏實，所以特意進門後把門反鎖了。

可現在大門，依舊是反鎖的狀態，沒有打開過。

姊姊不是從大門走出去的，那按理說，她應該還在屋子中。

「姊，你在哪兒？」丹海璐喊了一聲，她怕了，她怕姊姊會和姊夫一樣，突然就消失在這間該死的屋子中。

但是沒有人回應她。

她要崩潰了。

女孩繞著屋子走了一圈又一圈，仍舊沒有找到姊姊。就在這時，她看到剛剛還關得好好的衣帽間的大櫃子，不知何時打開了一條縫隙，很小很小的縫隙。

那個縫隙裡，赫然夾著一條綠色的布。

丹海璐打了個激靈，她瞪大了眼。這綠色的布，分明就是姊姊今天穿著的裙子。難不成，姊姊鑽進衣櫃裡去躲著了，可她躲衣櫃裡幹嘛，為什麼不回自己的話？

百思不得其解的女孩敲了敲衣櫃的門，突然，衣櫃門猛地震動了一下，彷彿有什麼東西從裡邊往外使勁的敲打。

震耳欲聾、歇斯底里的敲擊聲，嚇了丹海璐一大跳。

「姊？」丹海璐試探著叫道。

回答她的，是更加猛烈的敲擊聲。巨大的力量，讓整個衣櫃都在瑟瑟發抖。

「姊姊，是你在裡面嗎，你怎麼不說話？」丹海璐問。

從內敲打衣櫃的力量，陡然間就停了，整個房間再次陷入了死寂當中。

安靜的衣帽間，丹海璐甚至能聽到自己緊張得怦怦亂跳的心臟聲。女孩鼓起勇氣，一咬牙，探出手，抓住了門把手。

雖然不久前夜諾千叮嚀萬囑咐，要她離衣櫃遠一些。但姊姊現在失蹤了，很有可能就在這個衣櫃裡，而且說不定還遇到了危險，作為妹妹的她，怎麼可能不擔心。

丹海璐鼓起勇氣，用力將衣櫃門拉開。

在衣櫃門敞開的一瞬間，她的臉上露出了驚恐、難以置信的表情。

不，這裡，絕對不應該是衣櫃！

櫃子裡猛地探出一雙手，在丹海璐反應過來前，將她整個人拽了進去。女孩下意識的拚盡力氣，努力想將夜諾給她的符捏碎。

但，已經晚了。

剛過中午，夜諾簡單的吃了午飯，抬頭望了望天空。原本還陰沉沉的石市，意外的又出了太陽。頭頂明明烏雲壓頂，可偏偏黑乎乎的從雲層裡漏出了一道縫隙，讓陽光灑落下來。

猶如天漏，這詭異的陽光，給整個石市帶來的不是溫暖，而是更加陰森森的陰霾。

夜諾皺了皺眉，手裡提著從市場買來的東西，朝著丹海琴家走去。他剛走到房門口，就突然「咦」了一聲，停下腳步。

不對勁兒，這扇防盜門，怎麼看都不對勁。

雙層鋼門的表面，竟然凹陷了。這種凹陷並不是人為的，更像是內部的壓力陡然變小，形成內外壓力差，導致大氣壓將門壓壞了。

但這怎麼可能。房子就算關好門窗，也不會形成真正的密閉空間，總有各式各樣的縫隙漏氣。

這是怎麼回事？

夜諾心裡咯噔一聲，湧上了不祥的預感。自己明明給了丹海璐一張符，但他並沒有收到符咒被毀的訊號。

難不成，出了意外？

夜諾連忙將手搭在門鎖上，暗能量湧入鎖孔，鎖舌動彈了幾下，但門嚴重變形，沒能打開。

他皺了皺眉，也顧不得保持門的完整性了。一肩膀撞在門上，硬生生把門撞開後，衝了進去。

屋子裡充滿了驚人的戾氣，鋪天蓋地，遮得人眼睛都睜不開，讓夜諾喘不過氣。

「好驚人的邪惡氣息。」他連忙掐了個手訣，一層淡淡的結界浮在身體外層，堪堪在這黑氣中撐開一道安全的空間。

污穢不堪的黑氣，黏稠得很。夜諾猶如在水中艱難的行走，他試著喊了一聲：「丹海璐，丹海琴？」

自然沒人回答。哪怕普通人看不到這層邪惡的黑氣，但人體脆弱且敏感，一定會直接受到暗能量的傷害。如此強還帶有物理攻擊力的暗能量，她們姊妹倆可能早就暈過去了。

夜諾順著屋子找了一圈，發現兩個人都不在。

但在衣櫃附近的地板上，夜諾找到了自己之前送給丹海璐的那張符。符上還殘留著丹海璐的手印，可見丹海璐有多緊張，有多用力想將符咒捏碎。但她最終失敗了，一股恐怖的力量，阻止了她。

夜諾站在衣櫃前，靜靜看著這個普普通通的衣櫃。這衣櫃好好的合攏著，但驚人的戾氣，正不斷從櫃子的縫隙中洩出。

濃得化不開的戾氣，只是櫃子裡洩露出來的極小一部分而已，可以想見，這櫃子中的戾氣濃度，究竟有多麼可怕。

難不成一切的根源，真的就在這櫃子中？

夜諾躊躇片刻後，一咬牙，將衣櫃門拉開。只看了一眼，他就驚訝得睜大了眼睛。

不久前夜諾仔細檢查過這個衣櫃，而且不止一次。衣櫃裡放著女主人的衣物，長衣服掛在中層，下層是用真空袋裝好的被褥。男主人的衣物不多，但掛曬得精緻乾淨。白色的底板略有些發黃，但他們重新刷過漆，看起來還算很不錯。

可現在衣櫃裡的衣物仍在，衣櫃背板卻不見了。

不，不見的不光是背板，還有衣帽間的牆壁。透過敞開的衣櫃門可以看到，衣櫃的衣物後邊，是漆黑得看不到盡頭的黑暗空間。

衣帽間雖然位於死角，但在白天還是能被陽光照射到。從臥室斜著照進來的光，偶然有一絲射到了衣櫃門內，光像融化了似的，再也沒辦法逃脫，被衣櫃吸了進去。

整個衣櫃，猶如變成高兩公尺多，寬兩公尺多，深不可測的黑洞，向外傳遞著瘆人的驚悚氣息。

夜諾一陣毛骨悚然，只感到背脊發涼。

這衣櫃究竟怎麼了？背板和牆壁去哪了？衣櫃的黑色空間，又通往哪裡？丹海琴和丹海璐，會不會已經被吸入了衣櫃的這個可怕的空間中？

直覺告訴他，這裡絕對不是什麼善地。夜諾猶豫著抓了兩道符在手中，在兩片衣櫃門上各自貼了一張。明明沒有風，符咒卻彷彿被什麼吹著似的，發出唰唰唰的顫抖聲響。

「不太對勁啊。」夜諾苦笑，不用他說，光用看的就知道事情肯定不簡單。他一咬牙，探手伸入衣櫃裡，朝衣櫃中的黑暗空間摸了過去。

手伸直後，他的指尖穿入了本應該有牆的地方。指尖的觸感陰冷無比，就像是探入了南極冰洋，皮膚有一股凍傷的錯覺。

更驚人的是，那更加無窮無盡濃到讓人窒息的邪惡暗能量。這些能量和當初丹海璐身上的極為相似，甚至可以說是同一種玩意兒。

果然，那黑色能量，是從衣櫃中洩露出來的。

夜諾不動聲色的將手縮回來，準備先離開這從長計議。他雖然膽大，但許多事情並不是蠻幹就能搞定的，面對完全不符常理的一幕，謀定而後動才是聰明人該做的。

就在他要合攏衣櫃門時，突然，身後傳來一陣腳步聲。

腳步聲很輕巧，像是貓在走路。夜諾猛地一回頭，竟然看到了丹海琴。丹海琴烏黑的秀髮有些凌亂，淒淒的表情依舊，就是目光有點呆滯，不知道在呆呆的想什麼。

「丹海琴女士，你妹妹丹海璐呢？」夜諾問。

他總覺得這女人有哪裡不對勁，相對於這骯髒的屋子，她顯得太乾淨了。緊接著丹海琴抬起頭，說了一句讓夜諾毛骨悚然的話：「她？她在裡邊呢。」

「裡邊，哪裡邊？」夜諾下意識的問，緊接著就明白了。

因為丹海琴指了指衣櫃的方向。

「她為什麼會在裡邊？」夜諾背脊發涼，他反手捏了個法訣。這婆娘的精神狀況有點問題，弄得他毛毛的。

「嘻嘻，我老公把她拖進去的。」丹海琴歇斯底里的笑起來，本來姣好的臉變得悚人：「我幫了我老公一把，嘻嘻。」

夜諾罵道：「奶奶的，你瘋了。那可是你妹妹。」

「但是我老公在衣櫃裡，他好痛苦好痛苦。我妹妹進去，能幫他減輕痛苦，能將他換出來。」丹海琴道。

這婆娘的邏輯扭曲到連夜諾都無法接受，丹海琴沒有瘋，她是發自內心的想要用妹妹將老公換出來。這世上還真有為了老公坑親妹的貨。

「你還真愛你老公。」夜諾無語了。

「嘻嘻，但是還不夠，老公說光只是我妹妹還不夠。」丹海琴看了夜諾一眼，說道：「夜先生，你也進去吧。」

「進去你妹啊！」夜諾一拔腿，朝丹海琴衝了過去。丹海琴雖然情緒詭異，說的話也詭異，可明顯還是個弱女子，他一個拳頭就能搞定。

但他失算了。

丹海琴確實是弱女子不假，但這間屋子，卻並不是普通的屋子。

說時遲那時快，在丹海琴冰冷的視線中，衣櫃裡伸出了無數雙烏黑的手，死死將夜諾拽住，把他朝著衣櫃的內部拽。

那些漆黑的手，黑得發青猶如枯樹枝，長長的指甲泛著鋒利的寒光，一根根的指頭，彷彿要鑽入夜諾的皮肉中。

「滾開。」夜諾掐了個手訣，一片片雷光轟然在他身旁爆開。

枯手被炸開了一大片，可仍舊有無數的手重新探出來，不斷的抓向他。夜諾施展出渾身解數，可終究寡不敵眾，被枯手抓住了胳膊和大腿，身體也在漸漸朝衣櫃移動。很快，他半個身體都陷入了黑暗的衣櫃裡。

「哼。」夜諾冷哼一聲，一跺腳，施展出更加強大的除穢術，更可怖的雷光閃動，消耗了他體內大部分的除穢力。

雷光再次炸開一道縫隙，夜諾從衣櫃中掙扎出來，喘著粗氣，一把將衣櫃門合攏。那層薄薄的衣櫃門彷彿結界似的，明明看起來弱不禁風，卻將無數鬼爪子擋住了。

鬼爪劈哩啪啦的在裡邊抓撓衣櫃門，卻怎麼都沒辦法掙脫出來。

夜諾背靠衣櫃門，冷冷的看向丹海琴：「你該好好的解釋一下，否則，我不保證我會做什麼。」

丹海琴臉上沒有任何表情，依舊冷冷的看著他，笑了一下，轉身就朝臥室外走。

「坑了我還想逃，哪有那麼好的事。」夜諾怎麼想，都覺得自己被坑了。想來這個丹海琴早有預謀，想用自己妹妹和另外的人，將老公救出來。

她做事有條有理，壓根就沒瘋，要瘋掉的是她妹妹和沒有看出這件事的自己。

丹海琴顯然有點意外夜諾沒有被衣櫃吞噬，又看夜諾追上來，她加快了腳步。

「別走。」夜諾大喝一聲，一個猛竄，伸手朝丹海琴羸弱的肩膀上抓去。

就在他的手就要碰到丹海琴的瞬間，丹海琴猛地轉過身來，夜諾的手險些抓在她胸口高聳的一團豐滿上。

丹海琴的眼神冰冷，嘴角也冰冷，那冷漠的理智，看得人不寒而慄。

「臥槽。」夜諾猛地向後退，嘴裡罵了一句。

只見丹海琴的跟前，不知何時出現了一個簡易衣櫃，衣櫃門猛地敞開，無數鬼手從衣櫃的黑暗深處彈了出來。

但是退後，卻讓夜諾再次陷入死地當中。他身後又出現了一個衣櫃，那衣櫃就在他退後的路徑上。

「你奶奶個熊。」夜諾只來得及再罵一次，他整個人就被探出的鬼手拽入了衣櫃深處。夜諾眼前一黑，進入了那伸手不見五指的冰冷所在。

有人說，人生有三條道：上坡道、下坡道、沒想到。

夜諾萬萬沒想到，丹海琴居然是個瘋子，為了自己老公，居然連妹妹都可以不要。她應該早就有問題，竟然還改造了臥室。在衣帽間對面的牆上，買來了簡易衣櫃。

簡易衣櫃雖然是布做的，支撐結構也很脆弱，可它畢竟也是衣櫃啊。這間屋子的超自然力量，完全是依靠衣櫃這一物件觸發的，落入簡易衣櫃中的夜諾，只感到周圍冷得驚人。

眼眸所在，除了黑就是黑暗，無法視物。

他下意識的掏出手機，點亮螢幕。但周圍的黑彷彿能吸取手機螢幕的光，螢幕的光只射出幾十公分遠，就消失不見了。

夜諾估算了一下自己體內的除穢能，稍微安心了一些。

「光明術。」他打了個響指，一團冷光出現在他的指頭上，白色的光團撐開黑暗，勉勉強強能讓他看到附近的情況。

這是個完全虛無的空間，找不到上下左右，無法分辨東西南北。而且這虛無空間對光的吞噬帶有飢餓性，夜諾指尖的冷光團不斷被黑暗吞食。

他體內的暗能量，在不斷減少。夜諾推算了一下，自己應該能撐兩小時左右。

「丹海琴說自己的老公進了衣櫃，剛剛又把妹妹也騙進了衣櫃裡。我先找找他們再說。」夜諾思忖片刻，決定往前走。

在這個無法分辨前後左右的地方，夜諾將臉朝向的方位，定位為前方。

走了大約十多分鐘，夜諾憋屈得快要瘋了。這鬼地方，沒有聲音，沒有參照物，他根本就不清楚自己到底是在走，還是自始至終都停留在原地。

簡易衣櫃中的空間，在某種暗物質的作用下，變得無窮大。這詭異的景況，增加了夜諾尋找丹海璐的難度。

就在他鬱悶時，突然，遙遠的遠處，閃過一道光亮。

夜諾頓時精神一振，加快腳步，朝光亮出現過的地方飛奔過去。

光亮很黯淡，哪怕是越來越靠近，但仍舊淡得像是張舊照片。近了，很近了，夜諾猛地停住了腳步。

因為他聽到了一個聲音。

「救，救我。」那個聲音就在光明中，光明與黑暗涇渭分明，如同被一把鋒利的刀割開，絲毫沒有過度的地方。

白光很柔和，卻怪異得刺眼，刺得夜諾根本看不清光明中到底有啥。

「救，救我。」那個聲音又傳了過來，聽不清楚是男是女，甚至聽不出年齡。聲音彷彿玻璃上刮蹭的指甲，尖銳得厲害，聽得人不寒而慄。

「誰在裡邊？」夜諾高聲喝道。

「我，是我。」

「你是誰？」夜諾問。

「我，我是誰？」

「對，你是誰？」

「我不知道我是誰，但是我好痛苦，求求你救救我。」聲音沉默了片刻，又道：

「如果不能救我的話，求求你，殺了我。」

夜諾皺了皺眉頭，這個人，到底什麼意思？又要求救他，又想要自己殺了他。真是太奇怪太矛盾了。

那團位於櫃子中的光明裡，到底藏著怎樣的人？丹海璐在裡邊嗎？

夜諾心一橫，決定走進去瞅瞅。他左手捏了個除穢術，右手又找了幾張製作好的除穢符，深吸一口氣，一腳踏入眼前的光明裡。

剛走進去，刺眼的光就充斥滿瞳孔。夜諾的心都竄到了嗓子眼，他警戒著，耳朵尖了起來，隨時防禦著有可能的攻擊。

但沒人攻擊他，失明了大約三分之一秒後，周圍的環境在適應了光明的眼中漸漸浮現。夜諾看清楚附近的情況後，頓時又是一陣大驚。

怪了，這什麼情況！

夜諾發現這裡竟然是一個古色古香的衣櫃內部，衣櫃用的木料上乘，甚至還能聞到若隱若現的香味。那是楠木的味道，至少也是百年以上的好楠木。

這個楠木衣櫃的空間也不小，長四公尺，寬一公尺左右，高兩公尺。光，是衣櫃內的 LED 燈傳來的，LED 燈的瓦數很大，而且配了專用的整流器和備用的燈。

夜諾倒吸一口氣，不光如此。空蕩蕩的衣櫃裡，什麼都沒有裝，卻用不小的一塊地方，布置了備用電源。

他低頭檢查了電源，這塊備用電源容量不小，2000Ah的三元鋰電池，配上三千五百瓦的變流器，就算是用在中型房車上，也算是豪華配置了。

可這些備用電源，卻被放在衣櫃中，只有一條給電池充電的外接電源，卻沒有電源輸出線。也就意味著，這個備用電源，只是為了意外停電時，專門給衣櫃中的LED燈照明用。

夜諾背脊有點發冷。

自己突然走進來的衣櫃，絕對不可能還在丹海琴的家中，他們家也不可能放得下這麼大的衣櫃。難不成衣櫃內的空間，可以連接到別人的家？潛伏在石市的某種暗物質怪物，以平常人家中的衣櫃作為據點，將各種衣櫃用空間蟲洞，連接了起來？

可這個衣櫃，又是在石市的哪戶人家中？

這個家的居民，大概也察覺到衣櫃有問題。衣櫃中的LED燈很新，才裝上沒多久。而他們配置這麼大的緊急電源，明顯是為了讓燈二十四小時都亮著。

燈是帶來光明的物件，不讓燈熄滅，就意味著這家人不想讓衣櫃內部陷入黑暗。這個家到底發生了什麼事，讓他們惶恐到，什麼都不放的衣櫃裡，燈卻不能熄滅？

夜諾一陣毛骨悚然，他想到了一個問題，當燈熄滅時，衣櫃裡會出現什麼？還是說，這個楠木大衣櫃裡，本來就隱藏著什麼！

一想，夜諾整個人都不好了。他有股危機感，決定先從這個衣櫃出去，搞清楚狀況再說。

楠木大衣櫃的門就在夜諾觸手可及的位置，他一伸手，輕輕推了推。門從外邊死死的鎖住了，甚至極有可能還用木條加固過，就是不希望內部有東西出來。夜諾試了試硬是沒把門弄開，他決定用蠻力，將衣櫃門轟飛。

就在這時，突然，衣櫃頂端的燈光閃爍了幾下，接著整個衣櫃肉眼可見的黯淡下來。

「糟糕。」夜諾暗叫不好。

LED燈一閃一爍，緊接著，他看到了驚人的一幕。

原本還光滑的楠木衣櫃內部，陡然出現許許多多的字，那些字淒慘無比，竟然是什麼人，用指甲活生生劃出來的。

字的縫隙裡滿是黯淡的血跡，鮮血淋淋，異常淒慘。寫的，來來回回也就是那麼幾個意思。

「救我。」

「我不想死。」

「放我出去。」

「好痛苦，好痛苦。」

「殺了我，求求你殺了我。」

一個字比一個字淒切，看得夜諾寒毛都豎了起來。隨著燈光閃爍，櫃子的內側深處，似乎真的有什麼東西，往夜諾所在的地方，緩慢的爬了過來。

那拖曳的沉重聲響，帶著孤零零的水滴滴落聲，越來越近。

夜諾的心提了起來，手裡抓著的符咒眼看就要被他捏碎。猛地，燈，徹底滅了。原本還離他比較遠的怪聲，趁著他陷入黑暗，發瘋般的朝他爬過來。

「滾開！」夜諾厲喝一聲，手一揚，手中的符咒瞬間破碎，化為一道炙熱的火光朝爬過來的鬼東西轟擊而去。

火光閃爍的剎那，照亮了瞬息的黑暗。

夜諾分明看到一個不人不鬼的怪物出現在眼前，那怪物渾身赤裸，背部的脊骨像是一根根的骨刺，活生生從皮膚中撐了出來。怪物猩紅的雙眼在昏暗中賊亮，一眨不眨用兇狠殘忍的視線盯著夜諾。

趴伏在地上用四肢行動的怪物，胸口位置垂吊著兩坨噁心的雌性特徵，彷彿母狗似的。被火光擊中，怪物慘號一聲，顯得更加兇狠了，猛地往前一撲，想要將夜諾撲倒啃食乾淨。

夜諾冷哼一聲，哪容得它靠近。

「去死！」輕哼一聲後，夜諾手中掐的除穢術祭出，一道掌心雷正好打在怪物的臉上。怪物的半張臉都被他打爛了，腐爛的臭味溢滿整個衣櫃。

怪物尖銳痛苦的嘶吼著，絲毫不在乎受傷，再次衝了上來。怪物的眼中充滿怨恨，猩紅的眸子，怨氣已經溢了出來。

夜諾手一劃，套在手腕上的百變軟泥頓時化為一把鋒利的劍。劍光四溢，怪物的雙爪都被割了下來。那鬼東西，連連發出淒厲的叫聲，僅剩下的智慧告訴它眼前的人不好惹，頓時咬住自己斷掉的爪子，向後飛退，躲入了衣櫃的深處。

就在怪物退入黑暗後，LED燈痙攣似的抽了幾下，光亮閃爍，再次將整個衣櫃照得明亮。

夜諾站在原地一動不動，警戒著四周。

空蕩蕩的楠木衣櫃，哪還看得到怪物的影子。夜諾皺了皺眉，走到怪物消失的位置，用手推了推。楠木的板子很結實，沒有暗門。也就是說，怪物果然是伴隨著黑暗，從衣櫃連接的某一個虛空中出來的。

只要光明出現，它就會消失。

緒。

「怪了，石市的衣櫃，到底發生了什麼事，怎麼會變得這麼怪異。」夜諾沒啥頭緒。

他轉頭又走到自己進入衣櫃的地方，那裡只有衣櫃隔板，推起來實實在在。自己從石市丹海琴家的衣櫃，莫名其妙來到另一戶人家的衣櫃中。證明衣櫃中混亂的空間，比他想像的更加致命。

到底是什麼穢物，將石市這些人家裡的衣櫃連接起來？它的目的是什麼？線索實在太少，夜諾無奈的搖了搖腦袋，準備將衣櫃門砸開走出去。

那拖著長長乳房的怪物雖然不可怕，但也不是這件事的始作俑者。真正隱藏在背後的怪物如果真出現了，在它的地盤上，夜諾沒信心能搞得定。

先離開比較好。

夜諾正準備一腳將衣櫃門踹開，可他又改變了主意。因為從衣櫃外面，傳來一陣悄悄的竊竊私語。

衣櫃外面，有人！

—10— 在衣櫃中迷路的他們（上）

孟風和張婉婷回到石市時，發現這裡似乎許多地方都沒有變，但也許有許多地方變了。

變得陌生了。

例如當年樓下的新店已成了老店，寸步不移二十幾年的美女店長，已經成了明日黃花。他們離開時，店長還沒結婚，而現在，正在店中吼著兩個兒子寫作業。

除了人以外，時間在這裡彷彿停滯了。

大部分時間，石市更像一座廢城，與資源枯竭、高齡化、冰冷、蕭條，以及大量開採礦石後帶來的安全隱患相互糾纏。

全世界都在拚命往前跑，似乎那是唯一的指南針。而石市的生活依舊悠悠往後退，有些無力，似乎毫不在意朝相反方向越走越遠。

二十多年前，孟風和張婉婷不顧父母反對，毅然私奔離開了石市。二十年後，兩人的父母都因為在礦山工作，經年累月的開採石頭，卻沒有好好佩戴防護具保護自己的緣故，全得了肺塵病過世。

兩人感覺自己飄了，飄在空中，無兒無女沒有父母牽掛，整個世界，只剩下他倆相依為命。大城市的生活累、煩躁、沒有歸屬感。

工作一輩子，也不可能在大城市買房的兩人，就像沒根的浮萍，一直一直飄在城市中，卻陡然發現，夜晚千家萬戶的燈光，竟然沒有一盞，是真正為他們亮起的。

意識到這一點的那天，孟風和張婉婷決定回到石市生活。好歹那裡的房子便宜，賣掉父母的老房子後，再用二十多年的積蓄，可以在石市買很好的房子，過很好的生活。

於是他們回來了，回到石市的新城區，買了一間兩百平方公尺的樓中樓。房子格局很好，他們裝潢得也很不錯。

四十多歲終於有屬自己真正的家，讓兩人激動不已。

剛開始，石市的生活都是美好的，油鹽醬醋米都充滿新鮮感。孟風和張婉婷覺得他們回來對了，其實早就應該回來了。

直到那天發生的事，徹底顛覆了他們脆弱的小幸福。

他們臥室衣帽間的衣櫃，似乎有問題！

第一個發現衣櫃有問題的，是張婉婷的兒時玩伴兼閨密。

張婉婷的閨密叫姚安，和她打小就是鄰居。兩人開襠褲開始，一起讀小學，一起讀國中和高中。直到張婉婷和老公私奔離開的這二十多年裡，也沒有斷了聯絡。所以當張婉婷準備回老家石市發展後，最高興的就屬姚安了。買房的事情，也沒少託姚安的關係，省了不少錢。

姚安在石市的一家事業單位上班，工作穩定，一眼望得到頭。所以對石市各方面都門清得很，經常帶著張婉婷去吃吃喝喝。

每個禮拜五，都是兩人的閨密日。姚安和張婉婷約好要去一家新開幕的高級餐廳吃飯。

「親愛的，你準備好沒有？嘖嘖，你這身打扮可不行。」姚安的性格和張婉婷完全相反，大大咧咧的，一進門就上下打量了張婉婷幾眼，搖頭道：「那家餐廳規定客人要穿黑色的小禮裙，最好是經典款。」

「我好像有一件，就在衣帽間的衣櫃裡。」張婉婷想了想，好像確實有這個規定。她轉身要去拿，就被姚安揮手攔住了：「去去去，都要來不及了，你連妝都沒化。趕緊弄，我幫你拿。」

這套房子裝潢時，姚安也幫了忙，對屋子的格局清楚得很。風風火火的她，一邊說話，一邊徑直朝衣帽間小跑過去。

被當作空氣的孟風苦笑：「和小時候一樣，完全沒變。」

「沒變多好。」張婉婷也笑著，說實話，她有些羨慕。閨密被保護得很好，不像他們，在大城市裡闖蕩久了，什麼牛鬼蛇神沒見過，早就沒有初心了。

這閨密一去，五六分鐘沒音訊。

簡單化好妝的張婉婷愣了愣，對著樓上臥室的位置大喊：「安安，你找到沒？」

本應在樓上的姚安，硬是沒有回答她。

張婉婷和孟風對視一眼，有些疑惑。不應該啊，自己家雖然是樓中樓，可並不算很大，這姚安去拿小黑裙都快十分鐘了，也太不符合常理了吧。

「她會不會出了什麼意外？」張婉婷遲疑的問。

「在家裡能出什麼意外。」孟風撇撇嘴。

張婉婷還是不怎麼放心，她老有一股不太好的預感。她踩著高跟鞋，吭哧吭哧的上了樓，來到臥室衣帽間前，衣帽間的衣櫃門大開著，卻不見姚安的蹤影。

兩人幾乎將整個屋子都翻了個遍，卻仍舊遍尋不著。

「姚安難道自己走了？」張婉婷結結巴巴的說。

「怎麼可能，我們住的是樓中樓，如果她要離開，只能從大門走。」孟風思索了片刻：「要不，咱們再找一次。說不定她低血糖，在哪個地方暈倒了。」

閨密的突然失蹤，讓兩人感覺涼颼颼的，彷彿有一股邪氣，流淌在屋子中。

就在這時，孟風突然聽到臥室傳來劇烈的響聲。兩人打了個哆嗦，急急忙忙朝聲音的來源跑去。

聲音，是從衣帽間的衣櫃裡傳來的。

孟風一咬牙，用力將衣櫃門拉開。

只見失蹤了至少有半個小時的姚安，竟然瘋了一般，拚命從衣帽間的櫃子中探出了一顆腦袋和兩隻手。她用力的往外爬，剛花巨資做好的十根指甲，都被血淋淋的血跡覆蓋，指甲斷了大半截，每根指頭，猶自流著鮮紅的血。

這些血，分明是她在某種硬物上使勁的撓，給活活撓出來的。

「救我，救我。」看到兩人出現，姚安尖叫著求救。

兩人百思不得其解，姚安到底在搞什麼，為什麼躲進自己家的衣帽間中。她手怎麼了，她怎麼不自己爬出來？

沒仔細思索這詭異的一幕，孟非兩步併作一步，走上前一把抓住姚安的手，將她拽出來。

姚安衣衫不整，身上的新衣服殘破不堪，許多應該遮蓋的地方都露了出來。但她根本就不在乎，這女人顯然嚇壞了，一逃出衣櫃就拚命往衣櫃的反方向縮。彷彿衣櫃中躲藏著什麼極為可怕的東西。

張婉婷找了條毯子，將大半胸部都裸露在外的姚安裹住。坐在客廳裡，姚安驚魂未定，渾身都在發抖。張婉婷倒了杯可可給她，熱騰騰的可可灌入口中，進入胃部，姚安終於冷靜了一些。

「安安，你剛剛幹啥去了，為啥在衣櫃裡？」張婉婷很疑惑。姚安的表情不像作假，她似乎真的是遇到了什麼恐怖至極的事。

是啊，姚安身上，到底發生了啥？

對啊，那半個小時，姚安究竟去了哪裡？明明張婉婷在姚安失蹤時，還找過衣櫃，那時候，衣櫃裡並沒有人。

而姚安平靜後，才開口說話，說的第一句就是：「婉婷，你們搬家吧。」

「搬家？為什麼？」張婉婷和孟風同時不解，這個家可是花了他們所有的積蓄，哪有說換就換的。

「這個家太恐怖了，不，是你家的衣櫃。它、它有問題。」

姚安接下來講述的經歷，更加的驚悚，更加的難以置信。

不要說別人，就算是姚安自己也萬萬沒想到，只是去替閨密拿一件小黑裙而已，竟然遇到了一件恐怖至極的怪事。

她竟然，在閨密的衣櫃裡，迷路了，甚至還差點喪命。

這件事說出來，絕對沒人信。

但這就是事實！

姚安為了趕餐廳的預約時間，風風火火的跑到樓上臥室幫閨密拿小黑裙。閨密不喜歡黑色的衣服，那件小黑裙還是當初在她的強烈要求下買的，兩人感情很好，連小黑裙掛在哪裡，她都曉得。

她嘩啦一聲拉開衣櫃，然後愣了愣。咦，衣櫃好像有哪裡不太一樣。張婉婷的衣帽間是她找人做的，為了美觀實用，還特意用了楠木。就算到了現在，只要打開衣櫃門，就能聞到楠木的怡人清香。

可今天的衣櫃，卻帶著股血腥味。

姚安揉揉鼻子：「怪了，我鼻子是不是有問題？」

血腥味很重，重得她喘不過氣。但衣櫃裡哪來的血腥味，姚安起初以為，是不是自己流鼻血了。也沒太在意，照著感覺，朝衣櫃放小黑裙的位置摸去。

可一摸，她摸了個空。這個衣櫃有一公尺寬，長四公尺多，算是很大了，可以並排掛兩排衣服。小黑裙由於不常穿，所以掛在內層。

姚安手探過去，櫃子裡空蕩蕩的，竟然什麼都沒有。

「咦，奇了怪了。婷婷什麼時候改了衣櫃的格局？」姚安愣了愣神，她撥開外層的衣物朝裡看，裡邊黑乎乎的，看不真切。

「這衣櫃怎麼變大了？」姚安乾脆將頭探入，伸長脖子想要找到那件小黑裙。可裡邊太黑了，光線完全被外層的衣物遮得乾乾淨淨。

姚安拿出手機，打開手電筒，不知不覺中就將大半的身體探到了衣櫃中。沒想到衣櫃比她想像的更加深，明明只有一公尺寬的衣櫃，竟然彷彿看不到底似的。

「她家的衣櫃有這麼大嗎？噢，噢噢，老娘終於看到小黑裙了。」就在姚安想要放棄時，燈光一晃，她的視線落在了那件小黑裙上。

小黑裙就隱藏在黑暗中，想要拿到它並不容易。於是姚安乾脆整個人都探入衣櫃，終於，她拽住小黑裙，長舒了一口氣。

「為了幫她拿一件衣服，實在太費勁了。老娘我至少流了一公斤的汗水。」姚安手裡抓著小黑裙，抱怨道：「這衣櫃肯定改過格局，哼哼，這女人改了衣櫃都不跟我彙報，待會看我怎麼修理她。」

姚安轉回頭，之後又愣了愣。

身後的衣櫃門，不知何時，居然關上了。她嚇了一跳，誰關的門，這裡只有自己、張婉婷和她老公，沒別人了。難不成是自己鑽進衣櫃時，下意識的自己關上了？可她怎麼完全沒印象？

「先出去再說。」衣櫃裡漆黑一片，姚安有點怕。

她摸索著門的方向，可是摸來摸去，摸到的全是衣物，衣櫃門怎麼都找不到。不一會兒，姚安徹底傻了。

不對勁，絕對不對勁。

姚安意識到，自己好像遇到了怪事。衣帽間的衣櫃，不論怎麼擴張翻修，也不可能有這麼大啊，畢竟張婉婷家的衣帽間只有八平方公尺，長兩公尺，寬四公尺多。大大的衣櫃已經佔據了衣帽間大部分空間。

再擴，也不可能擴得比衣帽間更大吧。

但現在衣櫃，似乎遠不止八平方公尺那麼大。

這也太扯了！

姚安心裡有點慌，她在衣服堆裡轉來轉去，手中的手機燈光因為害怕而同手一起發抖，燈光晃來晃去，在慌亂中，她走過一層一層的衣服。

衣櫃裡掛著許許多多的衣服，撥開一層又出現一層，永無止境，根本不知道盡頭在哪裡。

姚安喜歡衣服，她也喜歡大大的衣櫃，甚至家裡的衣櫃也不小。生平第一次，她對衣服和衣櫃，都產生了難以遏止的恐懼。

「這裡是哪裡，這裡真的還在婷婷家的衣櫃裡嗎？我該不會是睡糊塗，產生幻覺吧。」姚安停住腳步，她抬頭用力咬了一口嘴唇。

好痛！不是夢！

「遇到鬼打牆了？」姚安哆嗦了一下。可也沒聽說過，在家中的衣櫃裡，也會出現鬼打牆的詭異事情啊。

這究竟是這麼回事？

姚安不敢再往前亂走，她開始大聲喊叫張婉婷和孟風的名字，頓時，整個黑暗空間都迴盪著她的聲音。

聲音不斷的碰撞反彈，空蕩蕩的回聲充斥耳腔，震得她用力抱住了腦袋。

「有回聲，就證明我還在一個密閉的空間裡，而且衣櫃的門和背板，應該也不遠才對。」這充滿著邪惡死氣的黑暗極為可怕，姚安不斷自言自語，哪怕只能聽到自己的聲音，卻彷彿也能借此壯膽。

「再往前走走試試。」總是待在一個地方也不是辦法，她邁開腿，朝回聲最大最快的位置走去。

她想，那地方應該最靠近邊緣。

走了一會兒後，姚安嚇得徹底呆住了。

不久前，雖然也很怪異，但那層層疊疊掛著的衣服中，至少還有她熟悉的，見過張婉婷穿過的衣物。但往前走後，衣物全變了。

變得可怕至極。

用手機的光照過去，黑漆漆的無限黑暗中，掛著一排衣服，只有一排衣服，別的什麼也沒有了。而且那些衣服，也非常的單一。

款式一模一樣。

竟然都是古舊的棉襖，紅色的，紅得像是殷紅的血的，棉襖。

一整排詭異的棉襖在姚安的視線中延伸，一直探入遠遠的再也看不到盡頭的黑暗裡。姚安不由得打了個冷顫，從距離判斷，這條掛滿了紅色棉襖的衣杆，至少也有幾十公尺長。甚至究竟有多長，她也沒辦法判斷。

這場景，遠遠超出了姚安的常識，她的理智就快要崩潰了。

不，這裡不可能還在衣櫃裡，更不可能是張婉婷家的衣櫃。哪怕是比爾·蓋茲家的衣櫃，也不可能大得放得下幾十公尺長的掛衣杆。

而且，為什麼這些掛衣杆上，掛的全是同一種紅衣裳。

此地不宜久留，太恐怖了。

姚安的心臟怦怦亂跳，都快要跳出胸腔了。她不敢往前走，那些密密麻麻的紅色衣裳靜悄悄的披掛著，上邊骯髒無比，落滿了灰塵，一看就不是啥好東西。

「絕對不能往前走。」姚安心頭只有這個念頭，她努力挪動自己因為恐懼而僵直的腿，緩緩的轉身準備朝來的方向返回。

可剛一轉頭，她就嚇得險些昏過去。

不知何時，她的身後，也變了樣。那一層層的張婉婷的衣物，全都消失得無影無蹤。取而代之的，是無盡的黑暗虛空，和那一排看不到盡頭的，紅色的衣裳。

「怎麼可能，這怎麼可能！」姚安整個人都癱軟在地。

她渾身不住的發抖，視線在周圍亂掃，她真的有些絕望了。但她萬萬沒想到，在這本就已經夠絕望的境況下，真正可怕的事情，還在朝她逼近。

「這些紅色的衣裳，到底是誰的？婷婷沒這種衣裳，就算有，也不可能有這麼多。」姚安的思緒完全混亂了。

這些衣服紅得可怖，模樣也陰森森的，透著一股邪氣。

突然，姚安手中的手機燈光閃爍了幾下，眼看就要滅掉了。

「不要！」姚安尖叫了一聲，這鬼地方恐怖無比，如果再沒有燈光，鬼知道她會不會瘋掉。

但是，手機的光終究還是滅了。

姚安用力拍打手機，終於，手電筒雖然沒亮，但螢幕被她手忙腳亂的點亮了。或許剛剛是因為手機電量不足，手電筒功能自動關閉了。

螢幕亮起的一瞬間，姚安睜大了眼睛，瞳孔擴散，嚇得尖叫了一聲。

只見剛剛還好好排列成一行的紅色衣裳，就趁著燈滅的一剎那，竟然又改變了格局。幾十件紅衣裳繞成一個圈，將姚安圍在了中央。

「不要，不要，不要！」姚安一邊尖叫一邊向後退。

手機螢幕發出的光芒，搖晃不停。在燈光找不到的地方，一件紅色棉襖陡然從衣架上掉了下來。

落地無聲的紅衣裳，耷拉著袖子，袖口朝著姚安的方向。

一點點，一點點，那空蕩蕩的衣服，彷彿被人穿起來似的，向著姚安緩慢的爬過來。

當姚安意識到有一件紅衣服在朝她靠近時，她嚇得渾身起了一層雞皮疙瘩。

「這件衣服是怎麼回事，不要，滾開，不要靠近我！」姚安歇斯底里的尖叫著，一腳將那件紅衣踢開。

可紅色衣裳卻再一次爬了回來。

姚安想再一次將它踢走，可突然，她耳朵背後傳來一陣喘息聲，彷彿身後的黑暗裡，有什麼在對著她的耳朵孔吹氣。

她下意識的回頭，卻什麼也沒有看到。

「糟糕，不好。」猛地，姚安渾身都冒起一股不安，冰冷的氣息，從腳底爬上了頭頂。

她緩緩低頭，那件紅衣裳，竟然已經，穿到了，她的身上……

姚安發出了她這輩子最慘的尖叫，她瘋了一般的撕扯自己身上的衣服，妄圖將紅色衣裳扯掉。

但那件衣服始終扯不下來，而且不斷的勒緊她，彷彿就要鑽入她的皮肉裡。

痛，好痛。

姚安痛得發瘋，她痛得在地上滾來滾去。就在這時，她猛地看到了一道亮光。那亮光就在不遠的地方，好像是出口。

「逃，那裡能逃出去。」姚安拚命的朝光亮出現的地方爬，但身後掛在衣架上的紅色衣服，不斷從衣杆上跳下來，彷彿有生命般，不斷撲上來拽住她的腿，想要將她拽入衣櫃的深處。

「不要，不要！」姚安哭得妝容混亂，她不斷踢開那些衣服，用手撓著地面增加摩擦力，終於將腦袋探了出去……

聽完姚安的講述，孟風和張婉婷面面相覷，滿臉難以置信。他們沒看到姚安身上穿著什麼紅色的衣服。

可姚安渾身的衣裳確實是被自己抓破了，甚至她將自己的皮膚也抓傷了。張婉婷想將自己閨密送去醫院。

但是姚安卻拒絕了她，張婉婷只得送她回家。

那天，她和她老公都在想同一個問題，姚安說的，是真的嗎？

但這位直率的閨密，並沒有理由騙他們，更不可能用那麼鬼扯，那麼淒慘自殘的方式騙他們。

如果她講的是真的……

怎麼可能，世上哪有這種怪事。居然有人迷失在衣櫃中。

事實證明，他們在自欺欺人，可怕的事情，即將降臨在他們的，腦袋上。

□

「怎麼辦？怎麼辦？衣櫃裡邊的東西想要出來。」一個女人的聲音，驚恐的說。

「你把桌子搬過來，我在櫃門上再加幾根木條。」一個男人的聲音說。

女人哭起來：「姚安，你安息吧，我求求你放過我們。」

男人嘆了口氣，房間裡傳來拖曳重物和金屬碰撞的聲響：「哎，我們回到石市，就是個錯誤。」

夜諾在衣櫃裡邊聽得清清楚楚，既然外邊有人，那就好辦了：「喂，麻煩把衣櫃門打開一下。」

他的聲音讓門外的男女同時一愣，之後再也不肯說話，悶不吭聲的加快了動作。推桌子的死命推桌子，釘木條的也用錘子砰砰砰的直砸。

夜諾一陣苦笑，自己的話起了反效果。這兩人應該也碰到怪事，所以把他和衣櫃裡的怪物搞混了。

希望他們放自己出來，那是不可能的，還是自己來吧。

想著，他一腳踹在門上。巨大的力量將衣櫃門踹得發出巨大的響聲。門外的女子撕心裂肺的尖叫了一聲，男子慌張的吼道：「快，把門抵死。你閨密就要出來了！」

「不能讓她出來，絕對不能讓她出來。」女子和男子拚命的抵住門。

可夜諾超越常人的力量，哪是普通人能扛住的。再一次用力踹過去，只聽衣櫃門發出脆響，門上的木條全部斷裂，櫃門出現了一條縫。夜諾順著縫隙，一閃身，跳了出去。

門外的男子和女子已經嚇呆了，面無血色，縮在牆角瑟瑟發抖，一臉像是要被殺掉的絕望。

等了一會兒，他們發現自己好像並沒有被想像中的東西攻擊，不由得抬頭看了一眼。一抬眼，就看到了夜諾。

「咦，你是誰？」男子大著膽子問：「你怎麼在我家的衣櫃裡？」

夜諾撓撓頭，苦笑：「我也不知道我怎麼跑你家衣櫃裡來的，對了，這裡是哪裡？」

一男一女緊張的在一旁竊竊私語。

「老公，那個年輕男人，莫不是小偷，偷偷溜到我們家衣櫃裡的吧？」女人問。

男子搖頭：「怎麼可能，你又不知道我家衣櫃什麼情況。而且，早在一個星期前，咱們就把衣櫃封死了，怎麼可能有小偷溜進去。他雖然模樣怪，可看起來也不像是小偷。」

夜諾耳朵尖，任他們聲音再小，還是聽得清清楚楚。他咳嗽了兩聲：「喂，麻煩你們告訴我，這裡是哪？」

兩個人終於抬頭，又打量了夜諾幾眼，眼神裡全是迷惑：「小兄弟，你在我家衣櫃裡，怎麼活下來的？有沒有遇到什麼怪事？」

說實話，夜諾確實有點怪模怪樣的，穿著休閒服，但手裡一隻手上捏著已經發黑的符咒，這符咒使用過，變成了灰燼，但神奇的還保留著原本的模樣。

而另一隻手上，抓著一把寒光凜冽的短劍，在燈光下熠熠發光。

他氣勢十足，確實不像個小偷。

「你說的怪事，是不是指這個？」夜諾手一翻，將那從怪物頭上切下來的一截噁心的濕答答頭髮拿了出來。

「是安安的頭髮！」女人顯然認識這截頭髮，捂住嘴就哭了起來。

男子眼睛一亮，喜道：「你碰到姚安了？在她的攻擊下你居然沒死，還把她的頭髮給拽了下來，太好了，實在是太好了。小兄弟，請、請到客廳裡去，咱們聊聊。」

男子顯然是從夜諾的存活中，找到了一絲希望。

夜諾很疑惑，剛剛攻擊自己的怪物，兩人竟然認識，而且還很熟。難不成那怪物，是他們的熟人變的。

嗯，這種可能性很大。可一個好端端的人，怎麼會躲在衣櫃裡，變得不人不鬼？這間屋子裡，究竟發生過什麼可怕的事？

—11—

在衣櫃中迷路的他們（下）

再平凡的骨頭裡，也有江河。

任誰也想不到，衣櫃這種每個家庭都有，平平無奇的東西中，不光是有江河那麼簡單，甚至還會有怪物，在晚上從裡邊來敲你的衣櫃門，想要打破衣櫃，跳到你的床上。

這間屋子的男主人叫孟風，女主人叫張婉婷，兩人不到半年前才從一線城市回來。買了石市新城區這處新建好的大坪數住宅。

石市是資源枯竭城市，人口流失嚴重。所以這處房產，已經算是石市頂好頂好的豪宅了。對大城市的人而言，這房子不值什麼錢。甚至就算別人看起來衣錦還鄉的孟風兩口子，其實也是在大城市的激烈競爭中落了下風，忐忑焦慮，患上了抑鬱症。

沒有辦法下，才回到石市老家的。

夜諾摳了摳頭髮，沒想到這裡居然是新城區，離石市老城區足足有三公里遠。石市的衣櫃，到底是以什麼形式連到一起的。隱藏在衣櫃中，將各個衣櫃連接到一起的東西，到底是啥，有什麼目的？

百因必有果，百果必有因。根據夜諾的調查，以前石市都還好好的，沒出過啥怪事，怎麼在一個多月前，怪事就瀰漫盤踞在石市，驅而不散？

而且，為什麼出事情的，是衣櫃？

這其中有什麼隱秘的淵源嗎？

坐在孟風的客廳裡，男女主人依舊很不安。雖然剛剛已經用木條重新將衣櫃門封死了，但他們還是有些忐忑，怕衣櫃中的怪物衝出來。

「你們家，到底發生了什麼？」夜諾問。為了表示誠意，他大概的將自己為什麼會來石市，會出現在他家衣櫃裡的事情，簡要的解釋了一遍。

至於信不信，他無所謂。不過看男女主人的表情，雖然他們很震驚，但顯然是信的。因為自己家裡發生的事，可要遠遠比夜諾講的離奇恐怖多了。

「夜先生，你剛剛說在我們家的衣櫃裡，看到了一個長頭髮像是濕答答的水草，趴在地上，眼珠子猩紅的怪物。那原本是一個人類……」孟風知道夜諾是個能人，他像抓到了救命的稻草，主動說起了自家的怪事。

說到這兒，一旁的張婉婷插嘴，滿臉的痛苦：「那原本是我的閨密，叫姚安。」

「姚安，那怪物是你閨密？她怎麼變成了怪物？」夜諾皺眉。

自己剛剛看到的怪物實力低微，大概也就是雞級穢物而已。可雞級穢物，它也是穢物啊。怎麼一個好端端的人類，會變成徹頭徹尾的穢物。這太怪了。

「這件事，要從大半個月前說起。」孟風苦笑。

這大半個月發生的事，讓他感覺自己的家陰颼颼的，像是鬼窩。可他和妻子所有的積蓄都用來買房和裝潢了，實在也沒辦法棄家離開。

要說姚安為什麼會變成那麼可怖的穢物，還要從她進衣帽間，替張婉婷找小黑裙，失蹤在了衣櫃中，然後又拚死逃出來之後，說起。

當初，姚安說衣櫃裡有一件大紅的衣服，詭異的朝她爬過來，穿在了她身體上。可姚安逃出來後，兩口子並沒有在她身上看到什麼大紅色的衣服。兩人甚至並沒有相信姚安的話，畢竟，這種事，理智點的人都會覺得對方不是想整自己，就是突然發神經了。

兩人都沒有將這件事放在心上，沒想到，當晚就發生了怪事。

孟風和張婉婷兩個人，早早睡去。夫妻倆睡前還聊了聊姚安的事。可剛過了凌晨十二點，突然，孟風被一陣奇怪的聲音吵醒。

「什麼聲音？」孟風從床上猛地坐了起來。夜色涼涼，微弱的月光，順著窗簾的縫隙灑了進來，他只能隱約看到漆黑寢室的輪廓。

孟風總覺得有點不太舒服，今晚的臥室，讓他渾身難受。他轉頭看著熟睡的妻子，想了想，他下了床，慢慢走出臥室。

也許是我家寶貝發出來的聲音，不知道牠又做什麼壞事，幹了什麼么蛾子讓他去收拾殘局嘍。

孟風一邊走到客廳，一邊這樣想著。

他和妻子一直都沒辦法生孩子，早年什麼辦法都想過，但妻子始終沒法懷孕。最後他們放棄，對人生妥協了，養一隻貓聊以寄慰。這隻貓的名字叫湯圓，是一隻英短，已經快要五歲了。

湯圓喜歡安靜，但貓畢竟是夜行性動物。再安靜再靦腆被結紮的中年貓，到了晚上，總是鬧騰的。要嘛牠們會躡手躡腳的跳上書櫃頂端俯視自己的疆域、要嘛就會偷偷摸摸的跳到你床上，壓在鏟屎官的心口上，讓你感受鬼壓床的樂趣。

貓，真是一種奇怪的生物，就和人類一樣奇怪。

「寶貝，你又幹了啥事兒？只要你乖乖認錯，爸爸我肯定不打你。」孟風穿過客廳來到陽台上。但湯圓並不在貓窩中。

自家的貓果然幹了壞事。

客廳和陽台都亂糟糟的，就連花盆都摔到了地上。花盆摔得稀巴爛，碎塊濺滿一地。但怪的是，這麼多花盆摔在地上，卻沒有將孟風驚醒。看陽台上的一地狼藉，湯圓應該才幹了壞事不久。

孟風皺了皺眉頭，抬頭一看。就連掛在陽台頂端的綠蘿都被拉了下來。平時貓根本就不可能碰得到這些綠蘿，更何況，湯圓到底是怎麼做到將花盆摔碎，卻不發出聲音的？這有點顛覆了他對貓的常識。

「湯圓你在哪裡？」孟風略帶著怒意，喊了一聲。他不打牠，他絕對不打死牠，奶奶的，湯圓今晚到底是在發什麼瘋！

湯圓只要幹了壞事，都會找個地方躲起來。所以貓不在貓窩中，孟風並沒有擔心。但就在這個時候，他突然聽到了一陣輕微的，貓的叫聲。

咦，奇怪了，湯圓晚上不太會叫。更何況牠剛剛幹了壞事，躲著還來不及，怎麼可能大半夜的喵叫？

孟風循著貓叫聲走過去，這一走，他又發現了奇怪的地方。貓的聲音竟然是從臥室裡傳來的。

孟風走了過去，發現自己家湯圓正在對著衣帽間的櫃子叫個不停。聲音很輕很輕，但卻有種淒厲得像是被嚇壞的聲音。牠背上的毛豎了起來，卻又像是有一雙無形的手，在撫摸牠，讓牠不敢動。

這很矛盾，而且完全不像自家的貓的性格。

孟風有一點懵。

湯圓的雙眼在黑暗的房間裡，散發出幽紅幽紅的光。這太不對勁了，貓的眼睛，雖然在黑暗中確實會反射光，但由於瞳孔結構，通常也是綠色或褐色。

可今晚牠的眼睛怎麼會變成猩紅一片？紅得就像是雙眼充滿了紅色的顏料，看得人不寒而慄。

孟風猛地打了個哆嗦，他被自己家的貓嚇到，一動也沒辦法動。只感覺毛骨悚然，全身竄著透心涼的冷。

湯圓彷彿完全沒有感覺到自己走了過來，就在牠身旁。牠就是一直直勾勾的看著關閉的衣櫃門，就那麼叫著，一直叫著。

叫得孟風冷汗都流了出來。

孟風沒有回到石市時，在一線城市開了許多年的寵物店，所以他很了解貓這種生物。

貓是絕對不會亂叫的。

至今貓都殘留著一萬多年以前未被馴化前的本性。牠是獨居生物，牠從來不會跟自己的同類貓叫！因為用尿液等化學訊息素來和同類交流比用叫的方便許多。

哪怕是受到威脅時，貓通常也只會發出「呲呲」的憤怒聲。野貓如此，家貓更是如此。家貓從始至終，從聲道中傳出的貓叫聲，只會對一種生物發出。

那就是牠的鏟屎官奴隸——人類。

人類相對於貓的嗅覺，很不靈敏，所以貓對於自己的主人，在一萬年的進化中逐漸學會了用貓叫聲來代替化學訊息素交流，用於對自己的鏟屎官發號施令。

所以，貓叫聲，只有貓和人類之間，才會懂。這是屬兩個互相依存的物種的，特有交流方式。

可今晚自己家的湯圓實在是太反常了。牠居然對著櫃子不斷的叫，不停的叫，就好像這個櫃子，是牠認識的人一樣。

而且那個認識的人還令牠恐懼，恐懼到根本不敢叫得太大聲。

因為牠在害怕。

貓究竟在怕什麼？

「小寶貝湯圓。你在看啥？你害怕得渾身都發抖了。」孟風忍不住加大聲音，對湯圓喊道。

喵嗚！

貓再次叫了一聲後，轉頭看了他一眼，牠眼中猩紅的光，竟然陡然間就消失得無影無蹤，恢復幽藍的色彩。牠喵喵叫著，彷彿什麼事情也沒發生過似的，輕輕的，跳到了孟風的腳邊，圍著他的腳轉了兩圈，伸了個懶腰後，回到陽台自己的窩中。

孟風雖然覺得有點奇怪，但看到貓似乎恢復了正常，於是也就打了個哈欠回到床上，準備繼續睡覺。

床上的妻子仍舊熟睡著。

他看了看手機，凌晨十二點半。他將手探過去，把熟睡的妻子抱在懷裡，心裡突然有一點火熱。於是孟風伸出手，朝背對著自己的妻子的胸前那團柔軟摸了過去。

妻子仍舊熟睡著，雖然已經人到中年，可是保養得很好，身材很不錯。她對自己的動作毫無反應。

孟風感覺躺在自己懷裡的妻子，體溫比往常低了許多，他就像抱著冰似的，就連手中一捏就變形的那團柔軟，摸著也不像平時那麼舒服。他的另一隻手沒閒著，朝妻子的頭髮摸了過去。

當手接觸到妻子頭髮的瞬間，孟風整個人渾身一震。

不對，這絕對不是妻子的頭髮，孟風左手心中那團柔軟的大小也不對。最重要的是妻子明明是短髮，怎麼躺在自己床上的人居然是長髮？

床上的人，到底是誰！

孟風打了個激靈，猛地縮回手。另一隻手「啪」的一聲，拍亮了臥室的燈。

「孟風，你發什麼神經啊，你開燈幹嘛？」妻子被突然的亮光吵醒，揉著惺忪的睡眼，抱怨道。

明亮的燈光下，妻子短髮暴露在被子外。這人分明就是自己的妻子啊，剛剛自己摸到的長髮女子，到底是什麼東西？

難不成是夢？

孟風尷尬的笑了笑，對妻子說：「可能是我發夢睡迷糊了。對不起，把你吵醒了。」

「沒關係，快睡吧，明天早上我們還有兩場面試呢。石市要找個合適的工作太不容易了，這地方果然是典型的資源枯竭城市啊，工作機會少。我都將薪水預期降低那麼多了，沒想到還是達不到標準啊，哎。」

妻子嘆了口氣，翻個身繼續睡覺。

他們在石市找工作並不順利，這是事實。不過回到石市孟風和妻子都不後悔，畢竟大城市，不屬於他們，也容不下他們。

就在孟風剛要重新躺回枕頭上時，他下意識的看了看剛剛自己摸到妻子頭髮的那隻手。

手上，有一團扭曲的海帶一般的骯髒的，長髮。那些長髮就藏在他的手指之間。

不久前的事情，並不是個夢。

孟風「哇」的叫了一聲，又從床上坐了起來。

「孟風，你夠了喔！再鬼叫小心我把你和枕頭被子一起扔出去。」一再被丈夫打擾吵醒的張婉婷憤怒了：「你明天還準不準備去面試啊！」

突然，一陣貓的淒厲叫聲，從陽台傳了過來。貓叫沒有停歇，尖銳刺耳，帶著極大的恐懼，像是被什麼東西拖著，迅速朝他們臥室的方向拽過來。

兩人都嚇得起了一層雞皮疙瘩，面面相覷不知道發生了什麼事。

貓叫聲，在衣帽間戛然而止。

「湯圓！」張婉婷尖叫一聲，從床上掙扎起來，朝衣帽間跑去。

「等等，屋裡有別人。」孟風在床下摸索了幾下，抓到他用來防身的棒球棍，追著妻子跑到衣帽間中。

衣帽間前，湯圓，已經斷了氣。

「湯圓，湯圓。老公，湯圓怎麼死了？」張婉婷瘋了一般朝家裡的寵物貓衝過去，孟風一把抓住了她的手。

「別動！」孟風說道。

他警戒的觀察周圍。他們睡覺時沒有關臥室門的習慣，畢竟偌大的房子，只有兩個人一隻貓生活而已，不怕暴露隱私。但是，殺貓的那個人，並沒有在臥室附近。

他家湯圓死得很慘，半張嘴被活活掰到後腦勺，身上的皮鬆垮垮的耷拉在骨頭上，甚至肛門裡還在不斷流出肉末和血混合的骯髒污穢。

臥室裡瀰漫著一股噁心的臭味。那股血腥味中，帶著一股陌生的腥臭。那腥臭，絕對不是貓死後會發出來的味道！屍體的臭味，也沒這股味道噁心。

孟風的手死死的揣著棒球棍。

「千萬不要輕舉妄動，跟著我。」孟風空出一隻手拽著妻子，小心翼翼的將家裡全部搜尋了一遍。

「我們需要報警嗎？」妻子問。

孟風苦笑的搖搖頭。他們搜遍了全屋，都沒找到入侵者的痕跡，家裡的貓死得不明不白。但從貓屍體上的傷痕可以知道，絕對是有人殺了牠，而且手段非常殘忍。到底是誰躲在自己的家中，甚至明目張膽的將自己的貓殺了。這個人，實在是太可怕了！

孟風打了個激靈，突然想到了一件事。難不成殺貓的人，就是那個剛剛躲在自己的床上背對著自己，冒充自己妻子的長髮女人？可那女人是誰，她為什麼會躲在自己家裡，她為什麼要殺掉自己的貓？

難道是家裡闖入了神經病。

「走吧，我們先離開這裡，找間酒店住一晚上。等明天天亮了，再回來處理湯圓的事。如果家裡真的有入侵痕跡的話，就報警。」孟風和張婉婷說。

小地方的警察來得很慢，就算現在報警，如果房間裡真的有兇惡的歹徒，等到警察來，黃花菜也涼了。

這很符合邏輯。

說罷孟風就拖著妻子要離開家。可妻子還是捨不得湯圓，對那隻養了五年的貓，她很有感情，當作真正的兒子在養。

女性的思考在感情面前，有時候真的很複雜。張婉婷搖搖頭：「老公，讓我去收拾一下湯圓的屍體吧。而且就算要走，也要帶幾件衣服啊，明天要面試。」

「別管什麼衣服不衣服，面試不面試了，現在就走。」孟風堅持說。

這個屋子有歹徒隱藏著，現在雖然不知為何沒有襲擊他們，但只要歹徒還在，留在家裡的他們就會很危險。

但張婉婷也很堅持，她猛地掙脫了丈夫的手，筆直朝二樓跑了上去，她似乎想要將湯圓的屍體一起帶走。剛上樓，孟風就聽到了妻子的驚呼聲。

「怎麼了？」孟風連忙追上去。

他看到妻子直愣愣的站在衣帽間前，渾身不停的發抖。等他順著妻子呆滯的目光，看向地面時，他大吃一驚，剛剛還像爛布一樣死在地上的湯圓，屍體居然不見了。

怎麼回事，貓的屍體去哪了？

孟風渾身發抖，哆哆嗦嗦的順著地上的血跡往前看。終於，他看到了血跡的盡頭竟然消失在衣帽間的櫃子中。

這怎麼可能！

剛剛明明還好好關著的衣帽間櫃子，不知何時，居然露出了一條縫隙。那條縫隙就像一隻怪物的嘴，將貓的屍體吞了進去。

孟風死死的看著那條黑洞洞，彷彿光明照射不進去的衣櫃的縫隙。他想，或許，那個殺貓的人就躲在衣櫃裡。

一想到這，孟風猛地感到全身發冷。

「咱們走吧，別浪費時間了。」孟風上前拽了拽妻子。

妻子終於也害怕了，顧不上什麼明天的面試，也顧不上拿換洗的衣服，她呆呆的，跟著孟風離開。

陡然間一隻乾枯的手，從衣櫃的縫隙中猛地伸了出來，一把拽住張婉婷的腳踝。

張婉婷被巨大的力量拽倒在地，那雙爪子似的手不依不饒，想要將張婉婷拖入衣櫃中。很快，她的半截身體就要被拖了進去。

「老婆！」孟風眼疾手快，仆倒在地，好不容易才抓住了張婉婷的手，使勁往外拉。

但那隻爪子的力氣實在太大，張婉婷的身體一寸一寸的被拽入櫃中。只剩一雙手還徒然的留在外界。

孟風一咬牙，空出一隻手，扯來換衣桶中的皮帶，將張婉婷的手和自己的緊緊捆在一起。櫃子中那雙手的力量越來越大，幾乎就要將他們兩人都拖入了櫃子裡。

孟風就快要瘋了，他絕望的放棄了抵抗。抓起手機，打開手電筒，往櫃子裡照進去。他就算死，也要在臨死前看清楚究竟是誰躲在櫃子裡，誰想將他們拖進去！

就在光射入櫃子的那瞬間，櫃子裡傳來一陣淒厲的號叫聲！

拽住他們的力量，突然就放開了。夫妻倆感覺身體一鬆，連滾帶爬的滾出了櫃子。孟風眼疾手快，顧不得驚慌失措，努力爬起來，一把將櫃子的門牢牢關住。然後又從寢室拖來床頭櫃，將櫃子門死死抵住。

經歷了生死劫難的兩人氣喘吁吁的癱坐在地上，死裡逃生的他們互相對視一眼。

張婉婷突然說：「老公，我知道櫃子裡邊的那個怪物是什麼東西了。」

孟風愣了愣，沒等他說話，張婉婷的聲音又響起：

「我在你照亮櫃子時，看得清清楚楚，那是一個人。

「是我認識的人。

「是姚安。她穿著一件紅色的棉襖。那棉襖就像一層鮮紅的血衣，裹在她身上。姚安的模樣已經不像人了，就是個真真正正的怪物，可怕得很，眼睛猩紅，看我的表情也猙獰可怖，恨不得將我撕成碎片，吞進肚子裡。

「老公。今天下午姚安還好好的啊，怎麼會突然出現在我們家的櫃子裡，她怎麼會變成怪物？

「還有，她為什麼那麼恨我！」

妻子一連串的問題，顯然是沒有答案的。

不止如此，之後夫妻倆發現，姚安確實已經變成了怪物，她不光殺掉他們家的貓。而且還會在黑暗中不斷的不斷的爬出來，想要將他們也一起拖進櫃子中……

孟風兩人去姚安的家裡問過情況，發現姚安根本就沒有回家，從那天之後就失蹤了。可張婉婷明明看著姚安走進了家門口啊！

姚安的家人在她失蹤後的第二天報警。但是孟風夫妻倆身上發生的事情實在是太離奇詭異了，他們根本就不敢告訴任何人，更不敢讓別人知道，姚安現在就躲在他們家的衣櫃裡，變得跟個怪物一樣。

躲在櫃子裡的姚安，白天倒是不會出現，她只有在晚上、夜深人靜，徹底無光的時候才會從衣櫃中爬出來。她的樣子也一天比一天可怖，剛開始的時候還看得出人的形狀，日子一天一天過去，她變得越發像是一隻野獸。

姚安總是雙手雙腳趴伏在地上，長髮猶如乾枯的海帶，眼中的猩紅越來越濃。更可怕的是姚安對張婉婷的恨意。

為什麼姚安會那麼恨她？張婉婷總是會想到這個問題，難道是恨自己沒阻止她去衣櫃拿衣服嗎？

人真是古怪的生物。明明是一件如此可怕的事情，但夫妻倆剛開始是又害怕又好奇。甚至有一天白天，孟風趁著妻子不在，偷偷將衣櫃打開。但衣櫃空蕩蕩的，裡邊只有自己和妻子的衣物，以及一些被褥。

並沒有姚安的身影。

孟風甚至一度認為這個衣櫃裡是不是有夾層，姚安就躲在夾層中，又或者密道一類的地方。他將衣櫃背板整塊都拆了下來，背板後面只有沒有裝飾過的牆。其實這些牆壁孟風都很熟悉，因為衣櫃是他為了省錢，自己一塊一塊釘上去的。

衣櫃後邊自始至終都沒有出入口，而現在的姚安，更像是一種物理學難以理解的存在。她只在沒有光的時候，才會出現。光線，似乎會傷害到她。

孟風夫妻再也不敢關上自己臥室的燈，他們把衣櫃全部封了起來，甚至還在衣櫃中裝了大量的鋰電池和 LED 燈。他們讓衣櫃內的空間永遠保持著明亮！

但哪怕如此，也不保險。

姚安最近變得越來越恐怖。衣櫃裡的燈有時候會在姚安出現前突然熄滅，然後櫃子內會發出猛烈的撞擊和抓撓聲，姚安彷彿隨時都會跑出來，硬生生將他們倆拖進去。

人類的矛盾通常來自貧窮。

本來在這種情況下應該捨棄家，義無反顧的離開。但孟風夫妻倆住了兩天酒店後徹底放棄了，因為他們的積蓄不多，現在也還沒有找到工作。

除了家以外，他們無處可去。而且姚安的家人也三天兩頭打電話給他們，問他們見過姚安沒有？

他們什麼都不敢說，就只能守著自己的家，兩人每晚都在臥室裡睡得瑟瑟發抖，難以入眠。這種糟糕的日子，到底什麼時候才是盡頭？姚安出現得越來越頻繁，就連白天似乎都有想掙脫出衣櫃的跡象。

孟風夫妻倆就快要精神崩潰了。

—12— 衣櫃中的穢物

聽完事情的前因後果，夜諾沉默了片刻，他在努力整理頭腦中的線索。最近一個月石市發生的詭異事件，都和衣櫃有關，這一點是毋庸置疑的。

例如丹海琴的丈夫為了替他的妻子拿衣服，開了衣櫃後就失蹤了，再也沒有出現過。丹海琴為了救丈夫，整個人都癲狂了。她甚至想要用夜諾以及她自己親妹妹丹海璐的命，將丈夫從衣櫃裡換出來。

而孟風的家裡，情況類似。

張婉婷的閨密姚安去替她拿衣服，沒想到鑽進衣帽間以後就迷路了。

石市的衣櫃中，顯然有一股神秘的力量。它將符合條件的衣櫃連在一起，潛伏在衣櫃裡。它甚至有能力將進入衣櫃的人類變成暗物質穢物！

可，它的目的是什麼？這樣做，有任何意義嗎？

而這些受害者的衣櫃是以什麼條件連接在一起的？他們為什麼遭遇厄運？他們的

共同點，到底是什麼呢？

夜諾百思不得其解。突然，他像是想到了什麼？他敏感的抓住了一個關鍵詞，那件紅色的棉襖！

對！紅色棉襖！

丹海琴的故事裡，他同樣聽到過類似的紅色棉襖。丹海琴在丈夫失蹤後曾經接到過一通古怪的電話，她循著電話聲找去衣櫃，在衣櫃裡看到已經變成怪物的丈夫身上，就裹著一件紅色的襖子。而張婉婷的閨密，同樣在衣櫃裡碰到了那件紅色棉襖。

這件紅色的棉襖，難道就是所有事情的根源嗎？

「你們對姚安身上穿的那件紅色的棉襖，有沒有什麼頭緒？」夜諾問。

孟風夫妻倆回憶了一下，輕輕搖了搖頭：「沒有印象，我們從來不記得家裡有紅色的棉襖。更何況我妻子一直都不喜歡紅色的東西，因為她怕血。」

夜諾用手敲擊著桌面，腦袋思索個不停。他沉思了片刻後，仍舊覺得紅色棉襖在這件事中扮演著重要的角色。

他覺得很有必要再到衣櫃裡去看看，具體調查一番。但是，他又有點猶豫。畢竟衣櫃裡的空間顯然連通著許許多多不同人的家，鬼知道石市的衣櫃還有多少連接到了一起。

他怕進去以後迷路，更害怕裡邊有更多人類變成了怪物，寡不敵眾。

夜諾在來時稍微調查過石市。最近一個月，警方接到了許多人口失蹤的案件。到三天前為止，積累了一個驚人的數字，一共有上千人。這些人中，不光本地人，還有住在酒店的遊客。

那些人憑空消失，像是蒸發在空氣中，警方焦頭爛額卻沒有任何頭緒。用膝蓋想，就知道這是一件多麼可怕的事情。

或許那些失蹤人口，都陰差陽錯的走入了衣櫃中，變成類似姚安，半人半鬼的怪物！

必須找一個東西代替自己進入衣櫃，探探究竟。

「你家有遙控汽車嗎？」夜諾問，剛剛他從臥室走過來時，發現這家的男主人似乎很喜歡收集模型。

「我家裡倒是有一些遙控汽車模型。」孟風問：「夜先生，你想做什麼？」

「有就好。」夜諾笑道：「拿些過來，我要做個好東西。」

孟風雖然覺得奇怪，但還是照做了。他將家裡的模型一股腦的搬過來。夜諾挑挑揀揀，將模型拆散又組合，很快就拼成了一個稀奇古怪像全地形越野車的東西。

孟風奇怪的問：「夜先生，你準備拿這個怪東西做啥？難不成你要把它開進櫃子裡去？」

「沒錯。」夜諾點點頭。

「但是，但是……」孟風覺得不可思議，這麼大的模型就算能開進櫃子裡，它又能做什麼呢？模型上面連個鏡頭啥的都沒裝。

更何況模型丟進了櫃子後，應該很快就會被躲在櫃子中的姚安拆得稀巴爛。

「放心，你們安靜的看著就好了。」夜諾自然明白孟風兩人的疑惑，他也沒解釋，手一翻，從懷裡掏出一張符紙，又掏出朱砂等若干物件。他用手指尖端沾了點朱砂，迅速的在符紙上畫符，畫好之後，用力的拍在模型上。

夫妻倆越看越目瞪口呆。他們簡直不敢相信自己的眼睛。

符紙拍到模型上後，突然白光一閃，就消失不見了。而模型車的表面似乎多了一層什麼看不見的存在。

夜諾又施展了一個水鏡術後，就小心翼翼抱著模型車回到衣帽間，站在櫃子門口。

「夜先生，真的要打開櫃子門嗎？」夫妻倆非常緊張，雖然看到夜諾有些非常人的手段，但這段時間以來姚安帶給他們的心理陰影，卻更加的恐怖。

「放心，我只是把模型放進去而已，如果有危險，我會解決掉的。」

說著夜諾迅速扯開櫃門上的木條，將櫃子打開一道縫隙。櫃門打開的瞬間，衣櫃裡的燈猛地熄滅了。

黑暗布滿櫃子中的每一寸空間。明明是大白天，光亮卻完全無法照射到櫃子裡的任何地方，就彷彿櫃子內藏著一個黑洞，它會吞噬著光明。

突然，一隻乾枯的手從黑暗中探出來。櫃子深處傳來一陣陣尖銳的號叫，叫聲憤怒淒慘。

那隻手，筆直的朝夜諾抓了過來！

「滾開！」夜諾手裡捏了一個法訣，按在手上。白光炸亮，哀號聲傳來，那隻乾枯的手爪迅速縮了回去。可不多時，竟然有更多的手從黑暗中抓了出來。夜諾眼疾手快將模型塞進去後，隨即關上了衣櫃的門。

哀號綿延不絕，哪怕有櫃子門阻隔，也聽得人不寒而慄。

孟風夫妻倆嚇得抱成了一團，過了許久，衣櫃裡才終於平靜了些許。夜諾讓孟風端了盆水來後，安安靜靜的坐在衣帽間中。

「夜諾先生，你看著這盆水幹嘛？」孟風好奇的問，這普普通通的一盆洗腳水，難道還能被他看出花來？

「一起來看。」夜諾對他們招招手。

孟風和張婉婷探過腦袋，只見水盆裡的水倒映著天花板，並沒有什麼不同。正當他們想要繼續問時，突然，神色愣了愣，之後驚詫不已。

夜諾手裡捏了個手訣，按在水面之上，頓時水面上洩露出一絲白光，之後就如同水波蕩漾散開似的，逐漸顯露出畫面來。

竟然還是以模型車為第一視角的畫面！

關著門的櫃子裡空空蕩蕩，原本那些鬼爪子就像幻覺一樣消失得無影無蹤。衣櫃內的 LED 燈散發出柔和但強烈的光，將櫃子內部照得纖毫畢露。

櫃裡的風景是孟風和張婉婷最熟悉不過的。兩夫妻對視一眼，眼中透出一絲喜色，這夜諾非尋常的手段讓他們嗅到了一絲生機。

或許夜諾真的能救他們。

孟風問：「夜先生，櫃子裡現在什麼都沒有，您到底想找什麼？」

「有光的話，當然會什麼都沒有。我們先把燈關了吧。」夜諾一邊說，一邊操縱著遙控汽車緩緩轉身。

「但是，櫃子裡用的是鋰電池啊。幾百安的容量夠 LED 燈亮上三天三夜。」孟風皺眉：「我們怎麼從衣櫃外面把燈關掉？」

沒有人願意走進衣櫃裡。

「我自有辦法。」夜諾操縱著遙控汽車接近了電池，只聽「啪」的一聲。孟風夫妻倆還沒反應過來發生了啥事。

燈，已經熄滅了！遙控汽車徹底陷入了黑暗當中。

「啊，燈滅了，燈、燈滅了。」張婉婷下意識的大驚小怪：「燈怎麼就突然滅了。」

「別鬧。」孟風還算清醒，他知道，一定是夜諾用了什麼神奇的手段直接掐滅了鋰電池和燈的連結。

水盆裡，水中倒影的景物跟著遙控汽車一起陷入黑暗，但是黑暗並沒有持續多久，很快，遙控汽車周身散發出柔柔的光芒，將四周照亮。當孟風夫妻倆再次看清楚水中的狀況後，頓時大驚失色。

櫃子裡的風景已經變得陌生起來，周圍依舊是黑暗，黑暗包裹籠罩了一切視線所及之處。

改變的不只是光線，還有空間。夜諾操縱著遙控汽車，晃晃悠悠的轉了一圈。這遙控車的速度不慢，而衣櫃原本只有幾個平方公尺大小。但顯然，遙控汽車已經能暢快的直線跑了。

這意味著空間在黑暗中，變大了。

衣櫃內果然有蹊蹺，黑暗就是連接石市各個衣櫃間的開關。夜諾操縱著遙控汽車，一直往衣櫃門的相反方向行進。沒過多久，從水鏡中傳來一陣陣刺耳的號叫，那彷彿從地獄傳來的吼聲，嚇得孟風和張婉婷頭髮都炸毛了。

吼聲中，一個四肢趴伏在地上，拖拽著自己乾枯長髮的怪物露了出來。那雙猩紅的大眼睛在黑暗中，散發著灼人的光芒。

「是姚安。」張夢婷叫道。

她雖然很清楚自己的閨密已經變成了怪物。但現在卻是真正意義上第一次看明白姚安究竟變成了多麼可怕的模樣！姚安骨瘦嶙峋，渾身肌肉組織都溶解了，只剩下皮和骨頭。衣服也破爛不堪，身上套著一件紅色的棉襖。

棉襖遮蓋不住她的軀體，胸口的兩坨軟肉像是兩塊破布般，垂吊下來，不時和地面摩擦著。

姚安朝模型汽車迅速爬過來。她的紅色眼珠子跟著汽車轉動，但並沒有攻擊汽車，彷彿對這個模型車並不感興趣。

夜諾一喜，果然和他猜想的一樣。這種人類變成的穢物，並不會攻擊沒有生命的物體。就像是有什麼東西，在它們的體內埋入了既定的程序般。它們的行動準則，有許多有跡可尋的地方。

夜諾駕駛遙控車繞著姚安轉了兩圈，確定它不會攻擊車子後，再次朝深處開去。黑暗就像蝕骨的膿液，一路黏附在遙控車的視角中。不知道開了多久，前方遙遙彷彿沒有盡頭。夜諾心裡很慶幸，幸好自己老早就在模型車上施了特殊的除穢術，讓車的控制器能夠接收到微弱的控制信號，不然這輛車老早就歇菜了。

要知道，開了這麼久，至少也往前行駛了五公里遠。世上的民用模型車可沒有多少能做到，更不用說這僅僅只是一輛隨意拼湊出來的車而已。

雙目所顧，黑暗不知哪裡是盡頭，在一片枯燥詭異的風景中，終於，水鏡裡出現了一絲亮光。

夜諾精神一震，連忙將車開了過去。突然，他們三人的臉上都露出了難以置信的表情。

這是怎麼回事？怎麼在衣櫃中，居然出現了一座座黑漆漆的突起物。再靠近了一些後，夜諾渾身一怔，他的雙眼瞪得渾圓。沒想到，那些黑色的突起物竟然是墳，一座座的墳！

衣櫃深處，竟然藏著一座墓葬群。

這簡直顛覆了所有人的想像！孟風夫妻倆使勁的揉著眼睛，他們完全難以理解這明明是自己的衣櫃，出現怪物也就罷了，怎麼現在連墳墓都冒了出來，而且還不是一座墳那麼簡單。

那墓葬群黑洞洞的一座又一座，至少有幾百座之多。

「夜先生，這究竟是怎麼回事？我家的衣櫃裡怎麼會出現這種東西？要知道我這裡可是新建小區啊，修起來還不到兩年！」孟風用急促的聲音問。

「這裡已經不是你家的衣櫃了。」夜諾回答道。他的精神高度集中，操縱著模型汽車穿入那座恐怖的墳墓群當中。

車穿行在一座座的墳墓之間。

仔細觀察，這些墳已經有一點歷史了。但奇怪的是，有些墳上居然長著荒草，雖然那些草早已乾枯，可在一些墳的邊角還能看得到，爬滿了新鮮的苔蘚。

這簡直不合邏輯。在這個黑暗的空間裡，根本就沒有任何光線。翠綠色的苔蘚雖然害怕強光，但也需要微弱的光來進行光合作用。

沒有光的地方就算是苔蘚也不可能生存。

也就是說，這些墳墓極有可能在不久前還不在衣櫃的空間中，而是有什麼力量刻意將這些墳墓全都遷移進來。

這是人為的，還是有某種暗物質怪物在作祟？夜諾有點想不通，因為整件事實在是太怪了。暗物質怪物本身只有簡單的邏輯和初級的智慧，而且要把這麼多墳墓全部塞入衣櫃的空間中，那得要多麼可怕的能量啊！

就在夜諾思忖時，前方墳墓深處突然傳來一陣「嚶嚶」的哭聲。那像是嬰兒啼哭又像女人的抽泣，聽得人背上的冷汗直往外冒。

那啼哭聲彷彿能夠直接刺入靈魂，讓靈魂都發出顫抖。只聽了一會兒，孟風夫妻倆就捂住耳朵，痛得在地上瘋狂打滾。他們耳道裡不斷湧出鮮血，血多得甚至從指縫中流了出來。

「好強的穢氣！居然能透過水鏡傳出來。」夜諾連忙捏了個手訣，伸出中指點在孟風和張婉婷的額頭上。白光閃過，兩人這才好了一些。

孟風一邊痛苦的喘息著，一邊問：「夜先生，到底什麼鬼東西在哭？」

「不清楚，過去看看就知道了。」夜諾沒多理會他們，他的眼睛死死盯著水鏡內的畫面。他操縱著模型汽車一路疾馳，很快就來到哭聲的源頭。

很快，他看到了一個赤裸的白色影子。那個影子有人類的形狀，但卻頭大如斗。巨大的腦袋下長著女人窈窕的身材，盈盈一握的腰，側面半露的豐滿的胸脯。

除了腦袋外，怎麼看怎麼都像個絕色美人。

哭泣的女人像是聽到了遙控車靠近的聲音，她緩緩的轉過頭來。夜諾渾身一顫，他終於看清楚了那個女人的臉。

不，這分明不是一張活人該有的臉。碩大的腦袋，直徑足足有一公尺多，彷彿一個人戴著個大頭娃娃的頭套。

那頭套夜諾甚至還十分熟悉，記得在鄉下趕廟會時，常有老人用紙和竹子製作這種套頭面具。黑乎乎的頭髮，大大的眼睛，笑咪咪的嘴，會引起恐怖谷理論的臉龐，在此時此刻，更加顯得陰森可怖。

女人僵硬的面具臉，突然對著夜諾笑了一下，彷彿它透過水鏡直接看到了夜諾三人！說時遲那時快，夜諾猛地拽住孟風夫妻倆朝後方退。

臉盆中的水瘋狂的顫動，接著砰的一聲爆炸了，濺出的水花，瞬間變成一片片噬人的黑霧，腐蝕著周圍的一切。

夜諾手中捏了手訣，厲喝道：「結界術。」

一層柔弱的光籠罩在了三人身上，生生將那恐怖的黑水黑霧阻擋在外。那些黑霧就像骨頭上的蛆，沾到結界後就開始不停的吞噬結界表面的能量。

白色的結界被黑霧腐蝕得千瘡百孔，但幸好，這些黑霧來得快，消散得也快。

夜諾額頭上冒出幾滴冷汗，幸好他反應快，不然現在他們三個人早就變成一灘骯髒的黑水，沒命了。

至於汽車模型，它徹底消失在衣櫃的墳墓群中，夜諾再也無法探測到。

孟風夫妻倆驚魂未定的看著千瘡百孔的衣帽間，他們的衣帽間被黑霧腐蝕得不成樣子，如果不重新裝潢一遍，大概是沒辦法用了。

但命還在，一切都不重要，不過夜諾決定要走了。

夜諾的這個決定令孟風兩人驚慌失措，見識了櫃子中的怪物和墳墓後，他們怎麼可能不害怕。夜諾有非常人的手段，只要和他待在一起，安全還是有保障的。

雖然兩人苦苦挽留，但夜諾在他們的櫃子上貼兩道符咒後，離開了。孟風夫妻倆臉色煞白的看著符咒在櫃子上隨風搖擺，不知所措。

而對於櫃子裡存在的那些詭異現象，夜諾隱隱有些猜測，線索搜集得不夠多，因此需要調查的東西還不少。夜諾急需搜集更多的線索，去驗證自己的猜想。

而且，他還要去丹海琴家一趟。

櫃子裡的穢物絕對不可能平白無故的將所有沒有關聯的衣櫃都連結起來，這些被連接在一起的衣櫃一定有什麼共同點。

夜諾總覺得，孟風家裡的櫃子板材有點奇怪。這種板材的硬度和普通的木質板材並不相同，夜諾從來沒有見過。而類似的板材，他在丹海琴家的衣櫃中也見到過。但丹海琴的櫃子已經很老了，大概是好幾年以前訂做的。而孟風家裡的衣櫃，卻是最近幾個月才做好的。

走之前夜諾特意詳細的詢問了孟風製造櫃子的板材公司。

他出門後，轉頭朝孟風兩口子的家看了一眼。和石市一樣，這棟房子也籠罩著濃濃的陰霾，那股不祥的氣息令人窒息。

不知道這棟樓內，有多少人的衣櫃，已經染上了災厄，躲藏在他們家衣櫃中的可怕穢物，正伺機將屋子的主人拽入深淵！

夜諾就近找了一間網咖，他開了台電腦，登入石市本地的網路，詳詳細細的再次檢索網路上關於最近幾個月石市失蹤人口的資料。

隱隱中，他覺得有一隻無形的大手在遮蓋著真相。究竟那隱藏在櫃子背後的存在，目的到底是什麼？

對這件事，夜諾仍舊沒有任何頭緒。

網路上查不到太多有用的資訊，真真假假，許多資料都存在不可靠性。於是夜諾又利用郵件聯絡伏羲水鏡。讓它幫自己詳細調查石市最近失蹤的一千多人裡，他們家中最近有沒有裝潢，或添購衣櫃。

伏羲水鏡不愧掌握著龍組最龐大的資訊系統，它通過技術手段很快就回信給夜諾。

夜諾看完資料，腦子陡然清楚了許多。

果不其然，石市失蹤的一千多人內，只有一小部分家庭近期裝潢過。但是那些沒有裝潢的家庭，最近卻添置過一些家具，又或者重新買過櫃子。而這些新家具的板材無一例外，都指向石市一家特有的板材供應商——羅輝板材公司。

夜諾連忙上網找出羅輝板材公司的網站首頁，這家公司的簡介很簡單，就連網頁構建都十分簡陋。只有幾張廠房的照片。介紹上提到，羅輝板材公司，利用了新型的板材技術，將實木顆粒板和石市特有的仿大理石石材相結合，創造出新型的家具製作材料。這種新型板材製作出來的衣櫃，輕度和柔韌性都特別好。

至於新興板材的製作工藝，寥寥數語間並沒有過多提及。而最古怪的是，這種板材只在石市內銷售，並不在外地販售。

這令夜諾感覺更加奇怪，既然是如此牛逼的新型板材，羅輝板材公司為什麼沒有申請專利？為什麼不擴大銷售範圍？這實在有點蹊蹺。

夜諾再次詳細閱讀伏羲水鏡寄來的郵件。郵件裡甚至貼心的幫他整理好了石市一千多人的失蹤情況，和先後順序。夜諾發現，石市最先失蹤的人是一對叫做倪鈴和倪雨的親姊妹。

這對姊妹父母雙亡，無親無故，相依為命。姊姊在當地一家小公司當會計，她們過得雖然清貧，但和樂融融。

可這樣一對漂亮的姊妹花，卻在某一天突然消失在空氣中，再也沒有出現過。小地方雖然有小地方的不便，但有一點和大城市不同，那就是人少，所以左鄰右舍都通常比較熱情。

兩姊妹失蹤幾天後，她們的鄰居張嬸發現最近都沒有看到兩姊妹進出過。有點擔心，所以就去敲倪家的大門。突然，張嬸在門附近聞到了一股若隱若現的奇怪臭味。張嬸心裡一驚，她害怕兩姊妹出事情，連忙打電話報警。

當警察把倪家的門打開後，門內的一切讓人驚呆了。只見屋子中污水橫流，大量的糞水污水從馬桶中湧了出來。整個屋子都被污穢淹沒了，水面上還漂浮著大量垃圾。

唯獨有間臥室的衣櫃附近，是乾乾淨淨的。警方在屋內遍尋不著兩姊妹的蹤影。那個乾淨的衣櫃，櫃門敞開著，地上亂七八糟的扔著兩個人的外套、內衣和內褲，彷彿倪鈴和倪雨兩個妙齡少女，在不久前將全身的衣裳脫了個精光，隨手扔在地上，之後躲進櫃子中。

可那櫃子裡，明明空蕩蕩的，兩姊妹並沒有躲在裡邊。

警方又調了附近的監視器，但看過後，百思不得其解，監視器畫面顯示，兩姊妹自從回家後就再也沒有出去過。

兩姊妹失蹤當晚，誰都不知道發生了什麼。但警方搜索屋子後，在倪雨的房間發現了一本日記本。日記本上，倪雨曾提到要和姊姊玩一種叫做「衣櫃」的遊戲。

她似乎想要召喚自己父親的靈魂。

最後，這起失蹤案，警方並沒有個定調，畢竟活不見人死不見屍。倪鈴倪雨兩姊妹始終沒有被找到，況且之後石市發生了更多的失蹤案，警察也沒有精力再繼續調查兩姊妹的蹤跡。

這和石市密集發生的失蹤案一同，變成了不受重視的懸案。

但夜諾顯然並不這麼想。看到這裡時，他微微皺了皺眉頭。他感覺事情變得越來越複雜了，剛剛才出現一個羅輝板材公司，現在又搞出一個叫衣櫃的遊戲！

這到底是什麼情況！兩者似乎都和櫃子有關。

夜諾稍微查了查衣櫃遊戲的流程，不查不知道，一查嚇一跳。這衣櫃遊戲，特麼整個遊戲都透著一股子邪乎勁，絕對不是什麼好遊戲。遊戲哪裡是在召喚什麼親人的亡靈，分明是在召喚黑暗中的穢物。

也許在倪鈴倪雨兩姊妹玩衣櫃遊戲前，石市就發生過某種異變。而兩姊妹玩衣櫃遊戲時，意外將某種東西喚醒了。所以造成了石市這一切詭異莫名的，可怕連鎖失蹤案的開端？

這種可能性，夜諾不認為沒有。但現在還沒有證據。

沒再浪費時間，夜諾立刻離開網咖，找了輛共享單車，向石市的城郊騎去。他現在有三個目標，先去丹海琴家看一看，證實一下自己的想法。再去倪鈴倪雨的家瞅一瞅，搜索一些關於衣櫃遊戲的線索。最後去羅輝板材公司。
他總覺得那家公司有古怪！

—13— 衣櫃詛咒之源

這個世界可以很大，也可以很小。

反正石市，就沒有別的同級城市那麼大，但它現在發生的事，卻遠遠不是別的城市能比擬的。

這個城市，流淌著詛咒，關於衣櫃的詛咒！

石市從新城區到老城區並不算遠，夜諾用力踏著腳踏車，他的速度很快，五公里的距離幾乎只用了不到十分鐘。昨晚從孟凰家的櫃子中逃出來時，已經是晚上了。衣櫃內的時間流速，非常怪異，似乎和外界不太一樣。

折騰了一夜後，現在已經是清晨。距離被丹海琴塞入衣櫃，已經過去了十個多小時。

再次站在丹海琴的家門口，看著丹海琴家的大門，夜諾的眉頭猛地一跳。丹海琴家的門竟然敞開著，裡邊空空蕩蕩，那個女人不知道去了哪兒！

還有一點，夜諾很在意。

這種老社區住的大多都是老年人，人老了，通常就會變得特別熱心。像左鄰右舍門沒有關的情況，老年人肯定不會坐視不管。但丹海琴家的大門開著，卻不見鄰居替她關門。

這很不對勁。

整棟樓都靜悄悄的，像是這棟鋼筋水泥建築死掉了，化為冰冷的墳墓。四周流淌著刺骨的陰冷，氣氛壓抑得讓人難受。

夜諾想了想，並沒有進丹海琴家的門，反而轉身朝她家的鄰居走去。剛靠近，他就發現，這家鄰居的門同樣沒關，虛掩著。

他輕輕用手一推，只聽到門發出吱嘎一聲響，就輕輕的敞開了。這裡的格局和丹海琴家一模一樣，就是家具和擺設十分老舊。門對面掛著幾張泛黃的舊照片，照片裡，屋主和她丈夫，微笑起舞的表情就像在諷刺屋裡的安靜。

夜諾視線一縮，他看到客廳中央赫然有一灘血跡。那灘血跡一直朝臥室延伸而去，像是有什麼東西將活物殺死，拖著屍體在地上走，留下長長的拖痕。

「有情況。」夜諾手裡捏了個除穢術，猶豫片刻後，又將百變軟泥變成一柄劍，握在手心。他小心翼翼的走進屋內，順著血跡拖行的方向，一路追蹤。

終於，他在這家人的衣櫃門口停了下來。

衣櫃門敞開著，血跡沒入衣櫃內，拖痕的盡頭也在這兒。櫃子中的衣物亂七八糟的散落在地上，就在夜諾觀察時，突然一聲淒厲的嘶吼聲傳來。從一堆破破爛爛的衣服內，一個黑乎乎的物體跳了出來，向夜諾襲來！

它的爪子鋒利無比，在空中反射著刺骨的寒光，一爪子下去，彷彿空間都要被割裂了。

夜諾反應不慢，他低喝一聲，手起刀落，將怪物的腦袋生生砍下。怪物倒在地上，頭滾落在一旁，抽搐了幾下就沒了動靜。

夜諾低頭瞅了怪物幾眼，接著就愣了愣。

這哪裡是怪物？分明還是一個人，至少在不久前，她還是一個人。看那張扭曲的臉，應該就是這間屋子的女主人。女主人大概七十來歲。原本老態龍鍾的身體現在變得更加枯槁，她應該才化為穢物沒多久，瞪著猩紅的眼珠子，看向夜諾的眼中，還殘留著一絲欣慰和解脫，那是她身為人類最後的一絲理智。

「安息吧。」夜諾嘆了口氣，將女主人瞪圓的眼睛合攏。

檢查過四周沒有危險後，他這才走到這戶人家的衣櫃前。衣櫃整體精緻，雕花的工藝也不錯，就是非常的老舊，應該有些年頭了。所用的板材都是實木，真真正正的實木，不可能是羅輝板材公司的產品！

可既然他們家沒有用羅輝公司的板材，這家人怎麼會變成穢物？難道是詛咒的範圍變大了，又或者詛咒的條件改變了？

夜諾沒有調查出個所以然來，他雖然得到了很多線索，但這些線索都太雜亂無章了，就算硬拼湊，也拼湊不出真相來。

轉身來到丹海琴的家，這個家裡戾氣很重，彷彿化為液體般的怨氣遊蕩在屋中的每一寸空間。夜諾被這些強烈的戾氣刺激得幾乎要睜不開眼睛了，他的手死死的揣著劍，腳步沒有停下，筆直朝丹海琴家的衣櫃靠近。

終於走到了衣櫃前。奇怪的是，衣櫃門居然關著，而且被反鎖了。夜諾皺皺眉，這個女人，不光將他和妹妹騙入衣櫃，而且還趕盡殺絕，連一絲生機都不留。縱然是為了丈夫，這種絕情的女人，心思也太歹毒了。

夜諾深吸一口氣，心提到了嗓子眼，一把將衣櫃門拉開。

就在這時，又有一個黑影猛地竄了出來。

他毫不猶豫，一劍砍了下去。那個黑影驚慌失措的大聲喊道：「夜先生，是我！是我！不要攻擊我！嗚。」

夜諾硬生生的停了下來，劍刃離那個黑影的腦袋只剩下一公分。再慢一點，那個黑影就會被他劈成兩半。就著外界傳來的陰暗光線，夜諾看清楚黑影的面貌，竟然是失蹤的丹海璐。

他上下打量這個連滾帶爬逃出衣櫃的女孩：「丹海璐，你不是被你姊姊塞進衣櫃裡了嗎？」

丹海璐衣衫不整，顯得極為狼狽，她苦笑著說：「對呀，我確實被我姊姊塞進了衣櫃裡，進了櫃子後，我發現衣櫃中居然出現一個很大很大的空間，越往裡走，越恐怖。

「衣櫃裡姊姊的衣物，每件都像活了過來，扭曲著古怪的姿勢想要攻擊我。其中有一件紅色的棉襖，我從來就沒看到姊姊穿過它，那件衣服極可能根本就不屬我姊。

「紅色棉襖一發現我，就從衣架子上跳下來，詭異的想要套在我身上。我嚇壞了，急忙用你給我的那道符拍在那件紅棉襖上。紅棉襖發出了一聲非人的慘叫，瞬間就氣化在空氣中。我憋了一口氣，拚命的往回跑，幸好你這時候把衣櫃門打開，否則我還找不到出口。」

「你看到那件紅色的棉襖了？」夜諾道：「你運氣真好，能從那件棉襖的襲擊中逃生。」

在以往的調查中，夜諾發現只要進入衣櫃後，似乎都會碰到那件紅色棉襖。一旦被棉襖穿到身上，人類，或許就會被詛咒，變成穢物。

「那件棉襖是什麼東西？為什麼那麼可怕，它為什麼想要我穿上它？」丹海璐死裡逃生後嚇破了膽，她的問題像連珠炮一樣。

「說實話，我也不清楚那件紅色棉襖究竟是啥。」夜諾緩緩的搖了搖頭，這個問題，他也想知道答案。

丹海璐似乎想起了什麼，環顧四周，問道：「我姊呢？」

「我來的時候，她就已經不見了，也許她進了衣櫃去找她老公，又也許，她離開了。」夜諾搖搖頭。

他認為丹海琴進入衣櫃的可能性不大，她已經坑了自己的親妹妹和他，這層樓鄰居的衣櫃也發生了變化，被詛咒了。說不定，正是她散播了詛咒。為的就是將自己的丈夫換出來！

丹海璐還想要問什麼，突然她一抬頭，看到了對面的電子鐘，臉色刷的一下就慘白起來：「夜先生，我究竟在櫃子裡待了多久，怎麼今天的日期不太對？」

夜諾臉上劃過一絲恍然，這丫頭也察覺到了：「昨天我回來找你時，也被你姊姊坑進了衣櫃裡，期間發生了一些事。現在已經是第二天上午了，你大概在衣櫃裡，至少待了十多個小時以上。」

「這怎麼可能！」丹海璐驚訝道：「我明明覺得自己才被困在衣櫃裡半個多小時而已，我到處跑尋找出口，然後你就把櫃子門打開了。」

「櫃子裡的時間流不太穩定。」夜諾淡淡的說，之後他問了丹海琴一些關於這個櫃子的情況。

「這櫃子的板材？」丹海璐愣了愣：「我不知道呀，當初姊姊姊夫裝潢時，我還在大學裡。但記得幾個月前，有一天，姊姊很興奮的跟我視訊通話，她心情非常不錯，跟我說她找到了一間特別牛的衣櫃訂製公司。那家公司的衣櫃品質好極了，而且價格還挺便宜的。難道這衣櫃有問題？」

「我覺得他們整間公司都有問題。」夜諾點頭。

他伸出手，用手摳下衣櫃的一處邊角，用手一捏。只見堅硬的板材居然就被他捏成碎塊，紛紛揚揚順著手心飄落。驚人的一幕出現了，衣櫃板材碎渣並沒有變為飛灰，反而變成一團骯髒污穢的黑霧，消散在空氣裡。

丹海璐嚇了一大跳：「啊，這個衣櫃到底是怎麼回事？」

「這衣櫃的製造材料，像某種詛咒。」夜諾說完後，轉身就準備離開：「詛咒的源頭，應該和那家公司有關。」

丹海璐見夜諾要走，連忙追在他身後，大聲喊道：「夜先生，你要去哪裡？」

夜諾頭也沒回：「我要先去一個地方找找線索，然後再到羅輝板材公司去瞅瞅。說不定這家公司中，就隱藏著整件事的真相。」

丹海璐感覺這屋子邪乎得很，也不敢久待，她打了個冷顫，腆著臉，緊跟著夜諾。

「你跟著我幹嘛，自己一個人找個安全的地方躲著！」夜諾趕她。

丹海璐急了：「夜先生，你就讓我跟你一起去吧。我一個人待著，怕怕的。而且我還要找我姊姊。姊姊也是個可憐人，她把我騙進櫃子裡，我不怨她。她太在乎姊夫了。他們倆走到一起真的很不容易，經歷了許多磨難……」

見夜諾不置可否，也沒再讓她走，丹海璐頓時高興了。她找來車鑰匙，開著姊姊的車，照著夜諾的指示，朝著倪鈴倪雨姊妹倆的家疾馳而去。

這兩姊妹同樣住在郊區，同樣位於老城區，甚至離丹海琴家並不是太遠。只是所在的小區比丹海琴家老舊多了，丹海琴家好歹是年代有點久的華廈，而這個小區原本是礦區的安置房，六層的磚瓦結構。

整個小區斑駁的牆壁裸露在外，沒有任何裝飾物，荒草頑強的在外牆磚塊的縫隙中生長出來，顯得特別蕭索。

到了入口處，夜諾愣了愣。這小區怎麼看，怎麼都像一口敞開的櫃子。走進小區大門，就彷彿走進了衣櫃裡。本就不明亮的陽光，在夜諾兩人進入後，猛地就更加陰森起來。

丹海璐不由得打了個寒顫，她冷得厲害，渾身都在發抖：「夜先生，這個小區好冷。不應該啊，這才剛入冬而已，石市在溫帶，怎麼可能這麼冷！」

「你是戾氣入體了！」夜諾說著掐了一個手訣，隨手拍在丹海璐身上。丹海璐只感覺渾身頓時暖洋洋起來，舒服了許多。

這小區的戾氣，比丹海琴家可怕強大了許多。夜諾幾乎可以判斷這地方，絕對有蹊蹺。無數暗物質粒子飄散在空氣裡，普通人雖然看不到，但受其影響，也根本沒辦法在此地長久生存。

待久了，身體會出問題。

兩人一路走過去，整個小區都十分安靜，幾乎看不到人影。夜諾抬頭辨別了一下範圍，倪鈴倪雨姊妹倆的屋子，就在正對面那棟樓的五樓。

「動作快點，我有種不祥的預感。」夜諾催促道，他們快步走入中間那棟樓的單元樓，一走進單元門，兩人同時倒吸了一口氣。

只見單元門內，碧血滿地，白骨撐天，恍如森羅地獄。到處都是人類的斷肢碎塊，隨處堆積在一起。還有一些人類並沒有死，可同樣也不正常。那些人彷彿夢遊一般，排在走廊上，他們對周圍的恐怖環境視而不見，閉著雙眼，緩緩的猶如行屍走肉般，跟隨著前邊的隊伍。

一步步，一步步，不斷的向前挪動。

這條詭異的隊伍一直從樓下向樓上蔓延。

丹海璐看得不寒而慄，她緊緊抱著夜諾的手臂，驚呼道：「夜先生，這些人怎麼回事？」

「他們被攝魂了。」夜諾捏了個天眼術，在眼皮子上一擦。只見濃濃的黑色霧氣籠罩著每個人的腦袋，那黑霧也怪得很，就像給那些人套了個大頭娃娃的頭套。

夜諾沒有貿然驚醒那些被攝魂的人，而是拖著丹海璐，從隊伍的最末端一直追溯而上。

詭異的隊伍一直來到倪鈴姊妹倆的家門口，又從客廳一直排到臥室。當夜諾帶著丹海璐走到隊伍的盡頭時，他們看到了驚人的一幕。

所有被攝魂的人，都亦步亦趨的，跟著前面的人走入衣櫃裡。衣櫃門敞開著，但衣櫃內的模樣完全變了。沒有背板，只有一個黑洞洞的入口，就彷彿妖魔的嘴巴，將走入其中的人全部吞噬！

夜諾皺著眉頭，衣櫃裡的東西將這麼多人引誘進衣櫃，將他們變成怪物，到底想做什麼？

無論穢物有什麼目的，夜諾都必須阻止。穢物做事情只憑本能，只看結果，既然它想將人類拉進去，如果真讓它得逞的話，肯定會增加它的實力。

夜諾不再猶豫，連忙從懷裡掏出一把符咒。這些事先畫好的符咒很方便，他劈哩啪啦的一股腦，拋入黑洞洞的隧道裡。

只聽隧道內猛地傳出一陣陣「切切」的尖銳笑聲，今早在孟風家衣櫃深處看到的那個戴著大頭娃娃頭罩的赤裸女人，猛地從隧道深處探出了腦袋，並張開嘴巴，一口就把夜諾丟入的符咒全部吞掉。

「出來得好，掌心雷！」

夜諾迅速咬破手指，頃刻間就在右手上畫了一道符。一道刺眼的雷光照亮了隧道，筆直的擊中那女人的心口。

赤裸的女人尖叫一聲，迅速沒入衣櫃深處。衣櫃門啪的一聲闔上了，與此同時，櫃子外排隊的人，每個都像提線木偶斷了線，嘩啦啦的倒成一片。

丹海璐臉色煞白的看著著超出她認知範圍的一切，連忙問：「夜諾先生，你把那個怪物殺死了嗎？事情解決了？」

「哪有那麼容易，它根本沒有受傷。但不知為何沒有攻擊我們，反而退回洞裡去了。」夜諾有些不解。

他一不做二不休，再次拉開衣櫃。

衣櫃裡已經恢復了正常。仔細觀察，倪鈴家的衣櫃並不大，剛好能夠容下兩個體型壯碩的成年人。夜諾環顧櫃子內的空間，突然，他視線凝固在櫃子中的某一角。在那個隱秘的角落。有幾行字。這些字明顯是屬某個女性，字跡娟秀卻慌亂。夜諾定睛一看，竟然是一首打油詩。

有韻霏霏舞微風，
鬼聚遠火寒熒熒。
快馬名花一徑仇，
跑似輕裝到溪頭。

他蹲下身，輕輕撫摸這首打油詩。然後抽手，將指尖湊到鼻子前聞了聞。那首打油詩上有血腥味。這首打油詩，居然是有人用血，藉著某種尖端燒焦了的堅硬物體寫下來的。

夜諾判斷，那堅硬物體，很可能是火柴一類的東西。

這就奇怪了，一個人用血寫字，而且字跡慌亂，證明情況已經十分危急了，甚至處在生命危險中。這種糟糕的狀況下，寫的卻是打油詩。這真的很詭異！

中間必有蹊蹺。

夜諾默默唸了打油詩兩遍後，懂了。這竟然是一首藏頭詩，答案是——有鬼快跑！

而且這首藏頭詩不光只有開頭有含義，詩中的第一個字，都包含了意思。每一行，每兩個字，就會違反七言絕句的韻律。將這些不押韻的地方拼湊拆解後，夜諾又得到了另外一個答案——殺了羅輝，鬼就會走。

羅輝！這個名字夜諾非常熟悉，不就是羅輝板材公司的老闆嗎？這個傢伙到底幹了什麼？這行打油詩根據血跡判斷，寫上去的時間並不久，也就是倪鈴倪雨姊妹倆失蹤前後。極有可能，正是兩姊妹失蹤前，慌忙寫下來的，為的就是留下證據和一線生機。

期望有人能看到這首詩。這也側面證明了，這首詩的重要性。或許解開謎團的關鍵，也藏在這首詩裡！

夜諾又在倪鈴家中搜索了一圈，在主臥床頭櫃一個隱秘的角落中，他又有了新的發現。是一張泛黃的照片。

照片裡，倪鈴姊妹父親模樣的人，正和幾個人，站在一口黑洞洞的礦井前笑嘻嘻的拍了一張合照。

照片裡一共有十多人，背後的老舊礦井應該就是石市特有的石料開採廠。

夜諾精神一振，這張照片很有些意思。因為那口礦井，實在太怪了。石料開採，一般而言，是將表層的土剝開，然後一塊一塊從上到下在岩壁上切割。石市的採石工藝同樣如此。從來沒有聽說過，開採這種價值不高的石材，還需要挖洞的。

挖洞開採成本太高了，就算是國營的採石場，也會考慮經濟效益，不可能開洞。何況，這洞口的大小也不像是能大量運輸石材。

而且這個洞並非天然形成的，因為洞口的形狀有人工雕琢的痕跡。

極有可能，這是一口古人留下來的採集洞，至於古人想在裡邊開採什麼，夜諾認為，絕對不會是石頭。

而且看這十多個人，個個喜氣洋洋的表情，並不像是到了發薪日那麼簡單。採集石料異常艱苦，但薪水卻非常微薄。照相時的他們，分明是覺得自己將要發一筆橫財，而橫財的來源，就在那個洞內！

夜諾將照片翻面，看向背面。照片的背後寫了十多個人的名字，其中赫然就有羅輝。

羅輝！

夜諾用手敲擊著桌面，不斷的思索著。他努力在將腦子中的線索歸納在一起。從照片裡看，羅輝和倪鈴姊妹倆的父親，曾經同是石材工人。

而這張照片，拍攝於一年多前。一年多前，在那個洞穴裡到底發生了什麼？那首打油詩用詞生硬，拼湊的痕跡非常明顯，寫的人雖然文化水準不高，但肯定有過一段時間的深思熟慮。

這不是遇到危險時，能臨時寫出來的。所以，這首詩的原主人，應該就是倪鈴姊妹倆的父親。而她們的父母，剛好一年以前因為意外去世。

其中有關聯嗎？

會不會是羅輝為了霸佔從洞穴中尋找到的財富，殺死了倪鈴姊妹倆的父母？

但無論如何，從詩中的內容就能明確的知道，其實早在一年以前，石市就開始發生怪事。否則倪鈴父親的打油詩中，也不會警告女兒，有鬼快跑了。但大規模的穢氣爆發，卻是在最近一兩個月間。

而最近一兩個月，恰好是羅輝板材公司在石市大量鋪售新型板材的時間。這兩者之間高度吻合，很難不讓人懷疑兩者的關聯。

夜諾心裡發寒，這個羅輝，或許正在因為某種目的而散播詛咒。詛咒的來源，肯定還在他的公司中。

沒再猶豫，夜諾馬上動身前往羅輝的板材公司。丹海璐還是覺得待在他身旁安全得多，就厚著臉皮又跟了上來。夜諾也沒阻止，讓她開著車，朝石市南郊一路用最快的速度疾馳。

日頭已經到了中午，正是陽氣最強的時候，可今天的石市異常的冷。陰氣裹挾著地氣，形成了下沉的氣流，不知何時，處於溫帶，幾乎幾十年沒下過雪的石市，竟然在初冬時節，下起了雪。

雪花，盡是黑色。

黑雪撒落地面，鋪成厚厚的一層。看這天，看這地，看那遠山和身後的城市。盡是漆黑一片，彷彿整個城市都被裝入了衣櫃中。

衣櫃的門，正在慢慢合攏，並放出無數魍魎魑魅……

14 血色衣櫃

羅輝的板材公司距離石市大約有五十多公里遠，在石頭山的半山腰上。遠郊的石頭山在石市非常著名，城市因為在這座山裡發現了特殊的石材而興旺，繼而整座城市都因為這座山而得名。

山的模樣怪異，外層表面覆蓋著厚達兩公尺的泥土層，泥土層下方隱藏的便是石市特有的仿大理石的石材。

經過幾十年的開採，石頭山有石材的部分已經被開採殆盡，剩下的石材全都難以開採，所以大量的採石場就被廢棄了。

夜諾在車上用手機稍稍調查了一番，就在一年多前，羅輝用很低廉的價格買了一座即將廢棄的石材廠。隨著夜諾的再深入調查，他在倪鈴姊妹倆家中找到的那張照片上，一共有十三個人，現在只剩羅輝一個人活著。

路上，丹海璐絮絮叨叨的說：「夜先生，我覺得肯定是羅輝為了霸佔洞裡找到的好東西，所以將其餘十二個人都殺掉了，其中就包括倪鈴姊妹的父母。」

夜諾不置可否。殺人哪有那麼簡單，何況一殺就殺十多個人。警方也不是吃素的，肯定調查過，羅輝至今逍遙法外。就算人是他殺的，那麼他用的手段也絕不是普通人能夠用得了的。

更重要的是，那死掉的十多個人，夜諾總覺得他們的死沒那麼簡單。

開車疾馳了一個半小時，崎嶇的山路上，汽車速度並不快。通往羅輝的板材公司只能靠一條單行道。這條路坑坑窪窪，非常難通行。丹海璐顛簸得胃酸都要吐出來，才好不容易趕到石材公司大門口。

大門，卻緊閉著。

幾根粗壯的鏈子鎖將那一扇寬達六公尺的鐵製大門牢牢鎖住，看起來已經很久沒有打開過了。

丹海璐疑惑道：「這家板材公司在石市很流行，有好幾家門市。板子每天都在發貨，而且製造地點肯定在這裡。為什麼公司的大門是這副破爛模樣，門真的還能開嗎？不能開門，那麼板材是怎麼運出去的？」

「進去看看就知道了。」夜諾說罷，一把抓住女孩纖細的腰肢。丹海璐只感覺自己整個人猛地就飛了起來，她很聰明，知道不能打草驚蛇。所以堅強的用手捂住嘴，不讓自己尖叫出聲。

騰空的感覺沒有持續多久，夜諾已經帶著她輕飄飄的跳過了高兩公尺多的鐵門。

整個石材廠彷彿都廢棄了，加工車間也沒有最近使用過的痕跡。工廠的鐵皮圍牆布滿斑駁的鐵鏽，到處都是半人高的亂草叢。工廠裡看不到一個人，四處靜悄悄的，就連蟲鳴鳥叫，都隱匿在空寂裡。

這裡彷彿是一座死城。

就在夜諾細心觀察戒備時，丹海璐突然叫了起來：「姊姊。」

「夜先生，我看到我姊姊了，她就在那個牆角後面。」

夜諾猛地回頭，但他卻一個人都沒有看到。牆角後方空蕩蕩的，只有亂草在風中搖曳，哪裡有丹海璐姊姊的影子。

「你在哪兒看到的？」夜諾問。

丹海璐焦急道：「真的，我真的看到了。我姊姊就在這個工廠裡。她往那裡跑了！」

女孩不管不顧的往她姊姊消失的地方追了過去。

夜諾警戒著環顧四周幾眼後也跟了上去。這個工廠的氣氛讓夜諾非常不舒服，明明整個石市都被無邊的戾氣籠罩著，可這採石場偏偏乾乾淨淨。他感覺不到任何暗能量的湧動，彷彿有什麼東西，將周圍的暗能量全都吸食一空。

「開天眼。」

夜諾捏了個手訣，在眼皮上一拍。天眼開後，他依舊沒有看清這家工廠的底細。

丹海璐越跑越遠，他們倆一路沿著工廠後邊蜿蜒的小道向山坡上奔跑。不久，兩人在一處山洞口停下了腳步。

這個山洞口赫然就是倪鈴兩姊妹父親照相的位置。

龐大驚人的戾氣，就隱藏在山洞中。夜諾只是靠近，渾身寒毛就豎了起來。而丹海璐的反應更加不堪，她渾身瑟瑟發抖，蹲在地上緊縮著身體，像一隻受驚的兔子，臉白得沒有血色。

這是普通人類經受不住巨量的暗能量衝擊，所產生的過激反應。丹海璐多待幾秒，哪怕不變成穢物，也會沒命。

夜諾抽出一道符，反手貼在丹海璐的背上，輕聲道：「喂，你先回去吧，那邊不是你該進去的地方。遠遠離開，有多遠走多遠！這洞，很危險。」

單海璐雖然固執，但並不是不知好歹。她心裡也清楚，自己硬要往裡走肯定會小命不保。於是點了點頭，關心的道：「夜先生，你真的要進去？這裡邊太可怕了，我光是靠近，就覺得整個身體都要潰爛了。」

「不進去就解決不了問題。」夜諾低聲說，他內心微微嘆氣。事情發展到現在，已經遠遠超出了他的掌握。洞穴裡驚人的戾氣，預示著裡面肯定藏著一隻恐怖的怪物。

但暗物博物館的任務不可能不完成，這是屬於他的，命。

「如果可能的話。請救救我姊姊！我姊姊。這輩子太不容易了。」丹海璐用水汪汪的眼睛，看著夜諾。她臨走時，說了這麼一句：「但如果救不了的話，也不要勉強。」

夜諾點了點頭：「我盡力。」

說完兩人一個朝左，一個朝右。一個下山，離開這凶險的地方，而另外一個卻一步一步，邁著堅定的步伐，走入山洞內。

山洞中處處都有人工雕琢的痕跡，年代久遠。這裡像是一座陵墓的墓道口，牆壁上雕刻著許多早已風化看不清的浮雕。

這墓道細長，以夜諾的見識，總覺得這墓不像是給死人的。

越往深處走，戾氣越發的強烈。夜諾幾乎覺得自己要窒息了，當他走到洞穴深處時，被眼前的一幕深深的震撼了。

洞穴深處是一個極大的空間，由一個天然的喀斯特洞穴改造而成。更可怖的是，視野所及之處全都是墳墓。密密麻麻的墳墓顯得很不正常。這些墳墓通通只有墳包，沒有墓碑，足足有上千之多。

墳包以玄妙的方式圍繞著一個巨大的主墓。

主墓高達十多公尺，佔地面積超過了兩百平方公尺。就算隔了老遠，夜諾也能感覺到這座巨大墓穴的驚人氣勢。墓的表面，甚至還刻著許多怪異至極的暗紋。這些暗紋，似乎是古代除穢師常用的字體。

由於暗紋本就脫胎自博物館中的文字，如同主語和方言的區別。所以夜諾還是能分辨一些。這主墓，果然不是用來埋葬人類的，而是用來鎮壓。

這麼大的陣仗，只是用來鎮壓。那墓中鎮壓的，又到底是啥？

夜諾十分驚訝。

墓地內部有許多雙眼猩紅、四肢趴伏在地上的怪物。這些怪物夜諾看過，和張婉婷的閨密變成的怪物幾乎一個模樣。

這些怪物正穿梭在墓地間，將主墓周圍的小墓穴一座一座的挖起來，三三兩兩一起，合力把墳墓揹在背上，朝洞穴的右側運送。

它們運墳墓是要幹嘛？

夜諾用視線追蹤穢物的運動軌跡後他又大吃一驚。只見這些數量眾多的穢物的目標，竟然是一座巨大的，古色古香的櫃子。

那模樣怪異的櫃子敞開著門，就像巨獸張開恐怖的口。穢物們一個接著一個的將墳墓運入櫃子中。

這些怪物，顯然都是石市最近失蹤的人類。羅輝將這些購買了自己公司板材的人類，以種種方法誘騙入櫃子中，將其變成沒有意識的穢物。為的就是驅使它們把洞穴中的墳墓，全都運進對面那口巨大的衣櫃中？

這傢伙究竟想要搞啥？

夜諾皺著眉頭，安安靜靜的觀察了一會兒。

無數在地上趴伏著，不斷搬墳墓的穢物們，猶如行屍走肉，暫時沒有注意到夜諾。夜諾抽出一張隱匿符，貼在身上後，偷偷的摸到那個巨大的衣櫃前。

靠近了，衣櫃顯得更加巨大了。它高達五公尺，寬約十多公尺，龐大無比。夜諾用手輕輕敲了敲櫃體，頓時又吃了一驚。整個櫃子居然是用一整根木材製作出來的。使用木材也不一般，居然是陰沉木！

想來就可怕，陰沉木的形成條件非常嚴苛，更不要說這座衣櫃完全沒有任何接縫。這意味著，古代的工匠是在陰沉木上，刻出這個衣櫃的。鬼知道，這棵樹還活著時，到底有多高大。

至少夜諾難以想像。

他又檢查了最靠近櫃子的小型墳墓！從墓的造型上看，這個墳墓應該修築於唐代，距今有一千四百年的歷史。而且，這是一口陪葬墓。

好大的手筆，用一千多座墓，來陪葬埋藏於主墓中的物件。用膝蓋想，那物件都不是什麼善良的東西。

穢物們已經將大部分的陪葬墓搬入了櫃子裡，一千多隻穢物，黑壓壓的一片，現在正陸續聚攏在主墓跟前。似乎想用螞蟻搬家的方式。將這十多公尺高的主墓，也搬進去。

但是搬走主墓哪有那麼容易，更可況這些怪物們，只剩下初級的本能。

就在這時，一個戴著大頭娃娃頭套的赤裸女人從那口紅色的衣櫃裡鑽了出來。夜諾這才看清楚這女人的真實模樣。

女人嘴裡發出連聲怪叫，驅使著穢物。

夜諾眼睛一縮，視線死死集中在女人的手上。她左手拿著一件紅色的棉襖，右手抱著一口黑色的盒子。

那口黑色的盒子，夜諾極為熟悉。絕對就是這次任務的目標，裝有陳老爺子骨頭的東西。

女人窈窕的身軀飄過了夜諾跟前，緩緩朝著主墓的方向走去。當夜諾看到女人背面時，他露出一絲恍然的表情。這一刻，自己所有的猜測都得到了證實。

這個女人根本就沒有背面。

她的正面有著所有女性的特徵，窈窕的腰，高聳的胸脯，高䠷的身材。但是它的背面，卻不是玲瓏曲線的背部。

背面依然有胸、有隱秘部位。但背面胸口的兩坨軟肉，卻比正面的小很多。就彷彿兩個體型不同，年齡不同的活人，被硬生生的背靠背，捏成了一體。

女人的背面，陡然看到躲在櫃子旁的夜諾，尖叫起來。

既然被發現了，夜諾索性也不再躲藏，他乾笑兩聲，手裡抓劍，淡淡道：「你們倆就是倪鈴和倪雨吧。你們殺了羅輝，替自己的父母報仇了嗎？最近兩個月石市發生的怪事，是不是就是你倆搞的鬼？」

頭戴大頭娃娃的女人發出鬼一般的說話聲：「你是誰？」

聲音是從女人的正面發出來的。

夜諾還沒來得及回答，她的背面也說話了：「姊姊，我在衣櫃裡看過他。這人遙控了一輛模型車進了櫃子裡，他還攻擊過我。」

「他是來妨礙將軍的。」兩個女人得到了共識，她們倆頭上戴的大頭娃娃，原本笑咪咪的眼睛突然就變得猙獰起來。黑乎乎的瞳孔，頓時變成了猩紅的顏色。

「去死！」

女人周身猛地騰起黑霧，無數黑霧發出鬼哭狼號的哀號，就像怨鬼一樣衝向夜諾。

夜諾冷冷一笑，手裡掐了幾個手訣，俐落的拍了出去。各種除穢術發出焰火般的亮光，將黑霧逼退。

「有點門道。」倪鈴和倪雨同時說道。

就在這時，猛地傳來一陣搖晃。夜諾身旁的櫃子突然顫抖起來，衣櫃彷彿活過來了似的，從內部飛出了許許多多的衣物。

鞋子、襪子、內衣內褲。

無數原本屬於家中的平常物件，收納於衣櫃中的普通穿著物，現在變得不再普通。它們就像有生命般，在空中扭曲，爆發出驚人的攻擊力。這些衣物的邊角鋒利無比，布的、棉的通通化為尖銳的利器。

倪鈴也將手中的紅色棉襖朝夜諾扔去。

夜諾怡然不懼，他手中的法訣一個又一個不要錢的扔了出去，將那些衣物褲襪鞋子等等物件打成飛灰。右手也沒閒著，倪鈴倪雨兩人實力不弱，不可久戰。

夜諾抽空從懷裡抓出一根紅色的繩索，朝空中一扔。

捆仙索。

夜諾用積分兌換了這根上古遺物的臨時使用權限，捆仙鎖就像蛇一樣在空中扭曲，瞬間將倪鈴倪雨牢牢捆住。

捆仙索有個特性，被它捆住的人類或穢物都無法動彈，失去所有的力量。夜諾的實力並不高，但蛇級穢物還是能捆得住的。

倪鈴兩姊妹原本並沒有將夜諾看在眼裡，眼見這個實力低微的傢伙，竟然使用某種秘術將她們倆捆住了，而且無法掙脫，她們頓時慌張起來。

兩人發出刺耳尖銳的叫聲，一聲高過一聲，那就像高唱某種詛咒般的咒語。

夜諾隱約能聽到，兩人似乎在召喚著什麼，口裡大叫著「將軍」啥的。

將軍？什麼將軍？

突然，夜諾嚇得頭髮都豎了起來。他感到一股駭人恐怖的氣息，猛地從大紅色的衣櫃內散發出來。

紅色古董衣櫃突然飄起，朝主墓的方向飛過去。聳立在洞穴中的主墓豁然開了一個巨大的口子，衣櫃就這樣飛入了主墓中。

整個洞穴開始不斷的顫抖，主墓就像被注入了生命，不斷散發出驚人的戾氣。就像一個巨大的妖魔，正從主墓中甦醒過來。

不能讓它醒過來！

夜諾立刻收起捆仙索，向著主墓的方向扔過去。他消耗了大量博物館積分，將捆仙索的威力發揮到他所能利用的極限。

拋入空中的捆仙索迎風展開，越來越長，越來越大，向著那高十幾公尺，寬二十幾公尺的主墓籠罩而去。

說時遲那時快，就在捆仙索當頭落下的瞬間，一個金光閃閃的影子從主墓中一躍而出。那金影一把抓住了捆仙索，這條無往不利的繩索在它的手心裡不斷扭曲掙扎，卻絲毫沒有擺脫的跡象。

夜諾的心涼到了谷底。這東西，難不成就是倪鈴倪雨姊妹倆口中的將軍？這個所謂的將軍，就是守護鎮壓墓的穢物？

石市詭異事件中，真正的幕後真兇？

那將軍身體僵硬，穿著金色的唐代鎧甲，夜諾瞳孔一縮，這製作鎧甲的手法和材料，竟然有暗物博物館的影子，極有可能是出自某位前代管理員之手。

不過這將軍，早在一千四百年前就已經死去，它變為金甲屍，驅使它行動的是死前的執念，對鎮壓墓的守護。

金甲屍的實力遠遠不是夜諾所能比擬的，只要被它一拳打中，夜諾肯定無力回天。

金甲屍猛地對夜諾噴出一口白氣，它面目乾枯猙獰，一雙血眼，死死的盯著他。

速度極快，雙爪掏向夜諾的心窩，一口獠牙，對準夜諾的脖子咬過去。

夜諾一邊飛退，一邊布置重重結界。

他的腦袋飛速運轉著，搜索著可以應對現狀的一切方法。頃刻間，他就推演了無數次，但每一次的結果，都是他慘死。

結界在金甲屍的面前不堪一擊，眼看夜諾就快被這將軍抓住，咬破喉嚨，吸盡鮮血。

終於，夜諾想起博物館第三扇門中，其中一位前輩的手札裡，提及的最終手段。一個只有博物館現任管理員才能夠使用的終極術法。

前輩曾經提及，這個方法，能不用則不用，因為很容易暴露身分，後患無窮。但是性命危機前，夜諾已經顧不得這麼多。

他一手持劍，心裡默唸著咒術。

「人神咒，咒法歸一，吾之僕人，皆歸我從！」

「吸！」

驟然間，跨越了空間的限制，全球十二個不同位置，十二名模樣各異，但同樣絕色的少女們，無論她們此時此刻在做什麼，都無一例外，同時睜大了眼睛，她們盈盈的目光灼熱的燃燒著，同樣的符文，浮現在少女們的瞳孔中。

少女們的腦子裡，陡然同時出現了一段同樣的聲音，聲音威嚴肅穆不容抗拒。

——祈禱吧，我的女人們！

十二位絕麗的少女，同時跪倒在地，出於本能的禱告著對神的尊敬。

——將你們的力量，分享給我，我的女人們！

十二位聖女的力量，同時從身體中脫離，朝遙遠的不知何處飛去。每一位聖女，都流露出不同的表情。有的虔誠，有的若有所思，有的驚詫，有的惶恐不安。但大多數聖女，都不清楚特麼到底發生了啥情況。

為什麼萬裡挑一，天之驕女的她們，會突然下跪，心甘情願的對冥冥中的存在奉獻自己的力量。唐國的東邊，春城附近，冰聖女季筱彤已經接觸過許多次神的聲音，倒是有些免疫了。甚至，她覺得神的聲音很親切，親切得像是一個故人。她對神明大人分享能量，比較樂意。

而唐國的西面，一個古色古香的宅院中，一身蘿莉塔打扮的運聖女此刻已經站了起來，她窈窕的身影迎風長大，變得凹凸有致，身材奪目。小蘿莉變成了大胸高䠷的厄運聖女，面容成熟的厄運聖女，似乎有所感覺，視線看向唐國的某一個方位，嘴角浮出一絲玩味的笑。

「嘻嘻，您終於出現了，我的神明大人。」

「只屬我一人的，神明大人啊。奴家，這就來服侍您！」說完話，厄運聖女的身影已然消失不見，無影無蹤。

同一時間，十二聖女的能量匯合在一起，形成了強大的攻擊力。無與倫比的攻擊將石頭山夷為平地……

尾聲

離開石市前，夜諾約丹海璐見面。他略有些抱歉，因為他並沒有將這個善良女孩的姊姊救回來。她姊姊和石市的一千多人一樣，都變成了穢物。

有些人因為變化的時間還很短，能恢復回來。但更多的人因穢氣入體太深，在墓葬群以及將軍被夜諾轟成碎渣時，和櫃子一起化為了飛灰，其中就有她的姊姊和姊夫。

丹海璐雖然傷心，但事到如今，也只能好好的替姊姊姊夫尋找一個合葬墓，將他們好好安葬了。兩人很辛苦才走到一起，希望死後，能在陰間和睦相愛。

「夜諾先生，發生在石市的事，真相究竟是什麼？」對於害死自己姊姊的這場詛咒，丹海璐仍舊很在意。

夜諾沉吟片刻，有選擇的告訴了丹海璐一些事：「說到這一切的根源，就是藏在石頭山中央的那個唐朝墓葬群。

「這是一個鎮壓墓。當時的皇帝，也不知道是唐朝的哪一代。不過我猜，和安史之亂前的一場內戰有關，而且時間上也有些吻合。

「鎮壓墓的守墓人，確實是一位不知名的將軍。他犧牲自己自殺後，屍體被製作成金甲屍，生生世世守護著墓葬中，被鎮壓的物件。

「他鎮壓的那個物件，就是導致安史之亂的導火索。當初具體發生了什麼，我也不太清楚。總之從墓地內殘留的石碑和浮雕上，可以看出，為了鎮壓這個物件，當初的唐朝付出了極大的代價。」

夜諾當然不會提及，那個特殊的東西，就是裝著陳老爺子骨頭的盒子。而那個盒子就放在主墓中那口特意用陰沉木做成的紅色衣櫃裡。

但當初製造陵墓群的設計者，卻遠遠低估了一件事情。那就是這些墳墓、那個櫃子，甚至整座山都受到了陳老爺子骨頭的影響。

產生了變異！

石頭山中為什麼會出產仿大理石的石材？為什麼類似的石材只在石市能找得到？而從未在其他地方發現過？

找到過三個盒子的夜諾，對陳老爺子的骨頭已經很熟悉了。十分清楚這所謂的骨頭，擁有著令人難以置信的力量，蘊藏著天量的暗能量。

陳老爺子到底是怎樣的存在，暗物博物館搜集這些骨頭的真正原因，到底是什麼？這些問題，都是夜諾最好奇，卻也最無解的。

本應該被鎮壓的盒子內，卻散發出來的邪惡力量讓周圍的石頭都產生了原子級的改變，所謂的大理石光澤，其實是一種骨頭化。

夜諾繼續講道：「這個陵墓群被古人刻意隱藏在重重深山當中，就是不希望後人將這個禍害人間的東西找出來。但奈何滄海桑田，人類的數量急遽變多，就連深山也開闢出新的城市。

「因為一年多前的一次意外，倪鈴倪雨姊妹倆的父親，以及他的同伴偶然發現位於採礦場偏僻處的陵墓群，並從中找到了許多值錢的陪葬品。

「而封印在主墓紅色櫃子中的黑色盒子，貪婪的他們或許認為，裡邊裝著最值錢的物件。但卻沒有人想到，這東西只會帶來災厄。」

人類的本性就如此，類似的事情，現實中發生得還少嗎？

譬如前些年，有個人走在路上撿了一顆漂亮的石頭。他隨手就將這顆黑漆漆的石頭放進口袋裡帶回家。幾天過後，他周圍的人開始出現怪病離奇死去。最後他也因敗血症進了醫院，醫院在他的血液中發現了大量的輻射。

最後才發現，那個所謂隨意撿來的漂亮石頭，其實是某家食品公司意外遺落的，擁有極大輻射能量的金屬。

這本用來讓食物不會腐爛長蟲的人造物，卻變成了另一些人的催命符。

人類惹禍上身時，自身往往渾然不覺。

發現洞穴的十多個石材工人集資，以羅輝的名義，將這家瀕臨破產的石材公司買下來。他們雖然文化程度不高，卻心思細密，知道細水長流。打算將古墓中的值錢古董，慢慢脫手，才不會引起政府的注意。

但羅輝背叛了他們，他貪婪的想霸佔所有值錢的陪葬品。

至於十幾名石材工人的死，和他有沒有關係，夜諾不太清楚。但倪鈴和倪雨的父親，確認羅輝正在害死當初的同伴，甚至也要害死他。

於是他偷走裝有陳老爺子骨頭的黑盒子以及包裹著盒子的紅色棉襖，藏在了自己家的櫃子裡。並且還留下打油詩當作遺言。

倪鈴和倪雨應該是在玩衣櫃遊戲時，意外發現父親留下的打油詩，以及父親藏起來的那兩樣東西。

於是她們的人生，也被改變了。

她們遵照父親的遺言，決定要為父親報仇。

其間究竟發生了什麼，沒有人知道。但最終那件紅色的棉襖被她們倆穿在身上，她們變成了厲鬼。

聽完夜諾的分析，丹海璐用手撐著下巴，提出了自己的疑問：「可夜諾先生，既然鎮壓墓有金甲屍守護，那群石材工人是怎麼將東西偷出去的？」

「他們偷摸進古墓的日期，我稍微算了算，正好是陽曆陽月陽日的正午，是一年中陽氣最盛的時刻。所有穢氣穢物都在那一刻休眠了。所以他們才能安然的走進主墓，活著離開。」夜諾解釋。

「之後，倪鈴和倪雨觸發了包裹著被鎮壓物品的紅色棉襖。那棉襖也有講究，用的是金蠶絲，再用九千九百九十九條黑狗的血煉製出來的精血浸泡八十一天製作而成。對穢氣有極大的鎮壓作用。

「兩姊妹被紅棉襖迷了心智，受到操縱。她們利用陪葬墓中的人骨和木粉混合在一起，製作出新型的板材。這些新型板材內含有穢氣，能夠將主墓中的紅色衣櫃和使用了新型板材的衣櫃連接在特殊的空間內。

「普通人一旦被誘騙入自家的衣櫃，就會來到那個空間，在穢氣侵蝕下變身穢物。而金甲屍的目的也沒那麼複雜，就是將這些化身穢物的怪物，作為搬運工，將所有墳墓都裝入櫃子的空間內。」

「夜先生，你不是說金甲屍將軍只殘留著本能嗎，它為什麼要幹這麼惡毒的事情？」丹海璐聽得毛骨悚然。

「就因為它只殘留著本能，所以它的目的也非常單純。那就是再次將那個特殊物體封印起來。」夜諾回答：「一年前由於那些石材工人的闖入，肯定破壞了陵墓群的封印。設計陵墓的除穢師才華極高，他或許也想到了這種可能。所以在金甲屍的本能中，設置了第二道保險。那就是紅色櫃子內的異空間。

「將陵墓群搬入異空間中的某一個位置，封印就會繼續完整。那個特殊物品，也會再次遭到鎮壓，不會再遺禍人間。」

石市事件的真相，幾乎被揭開了。

天下沒有不散的宴席，縱然丹海璐有些捨不得，但還是眼巴巴的看著夜諾坐著當晚的火車離開石市。

總之，一切都結束了。

回到暗物博物館的夜諾，再次恢復長達一個多月的平靜生活。但他遠遠沒有想到，在他利用管理員特有的術法吸取十二位聖女的力量時，本來平靜的世道，被他擾亂了。暗流更加洶湧的湧動起來，各個組織，都在默默的準備著什麼，就連空氣中，也瀰漫著一股灼烈的火藥氣息。

幾日後——

夜諾哼著歌買了些垃圾食品回到租屋內，剛進門沒多久，就聽到門外傳來敲門聲。

他拉開房門，卻沒有看到人。

只見地上，有一個快遞包裹。沒有寄件人，但卻有一個龍組特有的標誌。

「看來我上次得第一名的獎勵到了！」夜諾有些期待。

聽季曉彤說，這次的獎勵非常特殊，所有稍微有些實力的家族都在爭奪。這讓夜諾更加好奇了。

他俐落的拆開包裹，開開心心的朝裡邊看了一眼。

只一眼，他就瞪大了眼睛，露出難以置信的表情。裝在包裹中的東西，令他極為意外。

就這？

獎勵，怎麼會是這東西！

——本集終——

夜不語作品 45

怪奇博物館 201：鬼櫃

國家圖書館出版品預行編目資料

怪奇博物館201：鬼櫃 ／ 夜不語 著.
一 初版. 一 臺北市：春天出版國際，2021.10
面；　公分. 一（夜不語作品；45）
ISBN 978-957-741-455-7（平裝）

857.7　　110014715

ISBN 978-957-741-455-7
Printed in Taiwan

作者　夜不語
總編輯　莊宜勳
主編　鍾靈
責任編輯　蘇星璇

出版者　春天出版國際文化有限公司
地址　台北市忠孝東路四段303號4樓之1
電話　02-7733-4070
傳真　02-7733-4069
E-mail　story@bookspring.com.tw
網址　http://www.bookspring.com.tw
部落格　http://blog.pixnet.net/bookspring
郵政帳號　19705538
戶名　春天出版國際文化有限公司
法律顧問　蕭顯忠律師事務所
出版日期　二〇二一年十月初版
定價　280元

總經銷　楨德圖書事業有限公司
地址　新北市新店區中興路二段196號8樓
電話　02-8919-3186
傳真　02-8914-5524